JN072446
リザ・バレルバルト
ラルフの相棒。音を操る《銀使い》。
過去を乗り越え、ラルフと共に戦いに挑む。
ラルフ・グランウィード
賞金稼ぎの《銀使い》。
シエナを救うため、〈イレッダの深淵〉へ。
ラーズ・スクワイア
ハイルの部下。政府直属の〈猟犬部隊〉の
元分隊長。リザの因縁の宿敵。
ハイル・メルヒオット
ロベルタ・ファミリーの最年少幹部。
シエナを捕えた彼の目的とは――？
悲鳴、因縁、絶望が渦巻く深淵で
《愉快な誘拐劇》の最後の戦いが幕を開ける。

エイヴィス
全てを見透かしたような瞳をもつ老人。
魔女の悲願を叶えるため動く。
シエナ・フェリエール
元娼婦の少女。悪魔の気配を感じる力をもつ。
「儀式を開始してくれ。
私の方はいつでも
大丈夫だ」
全身の皮膚を突き刺して侵入してくる
何かの気配。同時にもたらされる激痛と不快感。
それらが半日以上続いていても、慣れる予感など
全くない。耐え難い苦痛の波が、シエナの心が
完全に壊れてしまう境界線の付近を行き来しているのだ。

マッド・バレット・アンダーグラウンド

STORY BY NOMIYA YU
ILLUSTRATION BY MASHIMASAKI

野宮有
ILLUSTRATION マシマサキ

MAD BULLET UNDERGROUND

IV

CONTENTS

Author : Yu Nomiya Illustration : Saki Mashima Design : Afterglow

9

The Anthem Won`t Explain It

MAD BULLET UNDERGROUND

際限なく聴こえてくる銃声。至る所から立ち昇る白煙。

その下に広がっているはずの、救いのない殺戮(さつりく)の光景。

人工島を覆いつくす悲劇の数々を、老人は黙して受け止めていた。

彼女の意志を引き継ぐと誓ったときにはもう、全ての罪を背負う覚悟はできている。

いや、自らの非道を糾弾する心など、とうの昔に風化してしまっているのかもしれない。

手に掛けてきた命を数えるのはとっくにやめた。

かつてともにレイルロッジ協会を抜け出してきた仲間が口封じのために殺されたときも、すぐに受け入れることができた。彼の亡骸(なきがら)が打ち棄(す)てられている地下街(スラム)に向けて祈りを捧(ささ)げてみたが、それも心の伴わない儀式でしかなかった。

全ては大いなる目的――魔女の悲願を叶(かな)えるための犠牲に過ぎないのだ。

そのために自分が悪魔になったというのなら、これ以上光栄なことはないだろう。

「ああ、こんなところにいた」

黒髪の隙間から覗(のぞ)く檸檬(れもん)色の瞳を歪(ゆが)ませて、グレースーツに身を包んだ男が笑いかけてきた。

「エイヴィスさん、そろそろ計画の最終確認でもしませんか?」

階段を昇ってくるだけで僅かに息を切らしているこの優男が、イレッダ地区を地獄に叩(たた)き堕とした張本人だとは未(いま)だに信じられない。

ハイル・メルヒオットという男は、とにかく得体の知れない存在だった。

自分に近付いてきた理由も、こうして魔女の悲願を叶(かな)えるために協力してくれている理由も、何一つ判然としない。唯一確かなのは、彼がまともな論理で動いているわけではないということだけだ。

自分と同じように、ハイル・メルヒオットという男もまた精神の怪物なのだ。

その一点だけでも充分信頼に値すると、老人は結論付けることにした。

「計画に関しては全てお前に任せてある。私はただ、時が来るのをここで待つだけだ」

「光栄ですが、本当に全てを委ねてもいいんですか？」

裏で何をやっているか解(わか)ったものじゃないのに、とハイルは付け加える。

それでも、老人の返答には警戒の色は見えなかった。

「私は一切関知しない。二日後に依頼したことさえ確実にやってくれれば、お前の思惑などどうでもいいことだ。そちらはそちらで勝手に進行すればいい」

「あれ、一人くらいは観測者が欲しいって言ったのはあなたでしたよね？」

「気が変わった」

ハイルが言う観測者とやらについて、老人は耳にした情報を反芻(はんすう)する。

その賞金稼ぎどもが、今回の計画の鍵となる少女娼婦(しょうふ)に執着していること。彼女を取り返すためにこの場所を探していること。ハイルという男の掌(てのひら)の上で死ぬまで踊らされる、どこまでも哀れな玩具でしかないこと。

そんな地の底を這っているだけの存在が、歴史の特異点に招待される。ハイルが提案してきた皮肉めいた配役を、面白いと感じた自分がいたのも確かだ。

だが時が経つにつれて、全てがどうでもいいことに思えてきた。

魔女の悲願に近付く途上で、老人は一つの結論に行き着いていたのだ。

「全てを語り継ぐ必要などはない……そうは思わないか？」

「どうでしょうね。確かに無意味かもしれませんが……」

「どうせ結末は同じだ。今更何が起きようと、収束点は絶対に変わらない」

過去と未来、罪と罰、銀の弾丸と化け物ども。

魔女の悲願が叶ったとき、全てが等しく無に帰るだろう。

「お前も充分承知した上で協力しているはずだ。それなのに、今更何を願う？」

目の前で微笑む優男——ハイル・メルヒオットの檸檬色の瞳が、一瞬だけ妖しく光ったように見えた。

◆

潮の香りと波音に包まれた白い砂浜で、俺はシエナの横顔を見ていた。

潮風で乱れた前髪を鬱陶しそうに手で直しながら、彼女は波打ち際で消えていく泡の群れを眺めている。太陽はもう真上まで来ているのに、不思議と熱気を感じることはない。

　これまでの全てを肯定してくれるように、緩やかな時間が流れていく。

　永遠など信じてもいないくせに、彼女は「ずっとここにいられたらいいのに」などと言って笑っていた。

「────────」

　俺は唇を動かすが、言葉は波音に掻き消され、隣に座るはずのシエナまで届かない。

　困ったように笑いながら耳をそばだてる彼女に再び話しかけてみたが、今度も同じように波音が邪魔をした。

「────、────！」

　ほとんど怒鳴りつけるように言葉を放っても、結果は同じだった。

　何かが俺の邪魔をしている。

　白い砂浜に流れる退屈を良しと思わない何かが、俺たちの間から言葉を奪っている。

　何度か同じことを繰り返してみて、俺は自分が何を言おうとしているかすらも解らないことに気が付いた。シエナに言葉が届かないのも当然だ。口と声帯を動かしてはいるが、音律に意味が伴っていない。何を伝えればいいのかがまるで解らないのだ。その事実に気付いてからは、ついに喉を震わせることすらできなくなった。

　心地よい間隔で波が打ち寄せる砂浜では、俺は何処までも場違いだった。

急に不安が襲ってきて、目の前の光景が現実であることを確かめたくなった。縋(すが)るような気持ちで、隣に座るシエナに手を伸ばす。

しかし、指先が触れようとした瞬間に彼女の笑顔が崩れていった。

額から顎先にかけて稲妻のような亀裂がいくつも走り、顔の表面から白い砂のようなものが剝がれ落ちていく。次第に輪郭が曖昧になり、自重に耐え切れずにシエナの身体(からだ)は崩壊を始める。瞬(またた)きの間に、彼女は白い砂の塊となってしまった。

必死に手を伸ばしても崩壊は止まらない。白い砂が指の間をサラサラとすり抜けていき、数秒後には純白の残骸だけが砂浜に積もっていた。

目を背けていたはずの全てが、脳内を一気に埋め尽くしていく。

行き場を失って落下する文庫本(ペーパーバック)と音楽プレーヤー。

小さなこめかみに突きつけられた自動式拳銃。

心底愉快そうに笑うグレースーツの優男。

絶望に染まった翡翠(ひすい)色の瞳。

さっきまで目の前にあったものは、願望がもたらした幻影にすぎなかったのだ。

俺はまだ何も取り返していない。

甘い想像に身を委ねている時間など、何処(どこ)にも残っていない。

不確かなものに覆われた世界においても、その事実だけは揺るがなかった。

連続して響く硬質な音で、俺は目を覚ました。悪夢を見たことよりも、気付いたら寝落ちしてしまっていた事実のほうが不愉快だ。

最悪な気分のまま周囲を見渡す。

趣味の悪い芳香剤の臭いが充満する車内に、朝の陽射しが差し込んでいた。窓枠や計器の周りには陽光を纏った埃が漂っている。香りに気を遣う前にもっと掃除をしろと指摘してやりたかったが、この車の持ち主はとっくの昔に脳天を撃ち抜かれて殺されていた。

それに、銃撃戦のどさくさに紛れて車を盗んだ俺に、生意気な指摘をする権利はそもそも与えられないだろう。

助手席ではリザがまだ寝息を立てていた。リクライニングシートを限界まで傾け、扉側に顔を向けた姿勢で横になっている。この様子だと、あと二時間は絶対に起きない。

硬質の音が再び響く。

それがドアガラスを外側から叩く音であることを認識して、全身が総毛立った。

「……リザ、起きろ」

車は、武装した黒服の男たちに囲まれていた。

ざっと見たところ、兵の数は八人。ドアガラスをノックしているのは見るからに残虐そうな銀髪の男で、他の連中の態度から察するに指揮役なのかもしれない。

「おいアホ女、お前の大好きな闘争の時間だぞ。さっさと起きろ」

人気がない場所とはいえ、完全に戦場と化したイレッダ地区で眠ってしまっていた俺たちは底抜けの間抜けだ。死の淵を彷徨うレベルの負傷も、死線を幾度も潜って蓄積した疲労も言い訳にはならない。

肩を揺さぶってもバカが起きる気配はないので、別の策を考えなければならない。

「……何の用だ、そんな大勢で？」俺はドアガラスを下ろして言った。「最近のギャングは駐禁の取り締まりにも手を出してんのか？」

問答無用で撃ってこないということは、奴らが俺たちに敵意を向けているとは限らない。それに、野生動物めいた危機察知能力を持つリザが反応していないことからも、連中の殺意がまだ顕在化していないのは確かだった。

制服の特徴からして、連中は恐らくロベルタ・ファミリーの構成員だ。

恐らく、俺たちが同盟軍である他の五大組織の一員なのかどうか測りかねているのだろう。まだ組織ごと見捨てられていることにも気付いていない哀れな連中は、戦後処理の問題にも気を遣わざるを得ないということか。

「お前たちはフィルミナードの人間か？」

ドアガラスを叩いていたリーダー格の男が、険しい顔で訊いてきた。

俺やリザの容姿を知らされていないあたり、ここにいる連中は末端の末端に違いない。ハイルが言う〈イレッダの深淵〉とやらについて聞いても無意味だろう。

「本当にそう見えるか？　俺たちはどう見ても、運悪く人工島から逃げ遅れた一般人だよ」

「一般人がこんな中心部まで来るか」

「こう見えて俺たちは記者なんだよ。ジャーナリズム精神が行き過ぎると、危険な状況に巻き込まれることもある。まさに今みたいな」

「ネイズさん、少なくとも同盟組織の人間じゃないみたいですよ」

「みたいだな。面倒だからもう殺すか」

寝起きで頭がうまく回らず、俺は下手を打ってしまったらしい。男たちは殺意を噴出させ、それぞれの得物を車に向けてきた。

能力で重火器を召喚して、連中を一気に薙ぎ倒してしまうのは簡単だ。

だが銃声で余計な敵を集めてしまうのは面倒だし、余計な殺生をすれば銃弾も浪費してしまう。このまま穏便に事を運ぶのが、双方にとって最良の選択だ。半ば嫌気が差しながらも、話術で切り抜ける道を探す。

「……何かうるさいと思ったら、ラルフ、そいつらはいったい何？」

良い手が思い浮かんだ瞬間に目覚めやがるとは、相変わらず空気の読めない相棒だ。

「後で説明してやるから、そのまま三〇秒くらい黙ってろ」

「状況がよく解んないけど、チンピラどもをぶっ殺したらいいの？」

「三〇までですら数えられない子なのか？　黙ってられる自信がないなら、呼吸を止めてくれても構わねえぞ。そっちは永遠に」

「ますます状況が解んなくなってきた。運転席にいる男もぶっ殺さなきゃいけない感じ？」

殺意の籠った視線を俺に向けたまま、リザは右手を振った。

くぐもった悲鳴が背後で聞こえる。

音の出処を振り向くと、さっきまで元気にドアガラスを叩いていたネイズとかいう男の喉元に、凶悪な形状のコンバットナイフが突き刺さっていた。大量の血を垂れ流しながら、男は膝から崩れ落ちていく。

「あー……」仕方ないので、俺も掌の先に出した黒い霧から短機関銃を召喚する。「悪かったよ、見逃してやることができなくて」

殺意を強引に点火させて引き金を引く。

毎分五〇〇発の鉛玉の咆哮が決戦の始まりを高らかに告げ、射線上にいた男たちをついでのように蹂躙していく。

「私ら、どのくらい寝てた？」

「ざっと二時間くらいかな」

「え、ヤバいじゃん。シエナを取り戻すタイムリミットは明日でしょ？」

「ハイルの言葉を信じるならそうだ」

明日の正午には、奴はシエナを使って何らかの計画を始動させるつもりだ。そうなればもう、彼女の命はないと言っていい。

「じゃあさ」太股に巻かれたホルスターからナイフを引き抜きながら、リザが不機嫌に言った。

「とりあえず五秒で終わらせよう」

冷気を纏った紅い瞳を携えて、リザが車外に飛び出していく。

まずは、銃撃を潜り抜けて車に迫っていた男が喉笛を横に切り裂かれて絶命。リザの危険性を察知して二人の男が逃げようとしたが、背中を向けた瞬間にはもう化け物が間合いを詰めていた。

「あと一人」

一瞬で三人を無力化してみせたリザの意識は、既に最後のターゲットに向けられていた。短機関銃がこさえた弾幕を放置車両の陰でやり過ごしていたそいつは、恐怖で手元を震わせながら、当たるはずのない銃撃を続けている。

「盾なら貸してやるけど、どうする？」

「いらない」

リザは冷静に言うと、掌で弄んでいたナイフを男が潜んでいる方向へと投擲した。

物理法則が健在なら、慌てて頭を引っ込めた男に攻撃が当たる道理はないだろう。

それでも、リザには勝算があるようだった。

口許を僅かに歪ませながら、リザはナイフを投げた右手を縦に振り上げた。その動きと連動するようにナイフが不自然な上昇軌道を描く。リザが右手を振り下ろすとナイフも急激に方向転換し、垂直に落下していった。

放置車両を飛び越えて男の脳天に突き刺さったナイフの柄からは、目を凝らさなければ見えない細さのワイヤーが伸びていた。

あのワイヤーでナイフの軌道を操作したのだろうが、一朝一夕でできるような技術ではない。ただ戦闘を楽しんでいるだけのバカと思っていたが、俺の知らないところで鍛錬を重ねていたということだろうか。

「ワイヤーで振動を伝播できるなら、お前の能力にも合ってるな。こんなのいつ覚えた？」

「あんたが笑えないほど役に立たないから、私ぐらいはパワーアップしとかないと」

「どうして今まで使わなかった？」

「何回か試したよ。まあ、ラーズ相手に使えるような精度はまだないってだけ」

澄んだ瞳で前を向くリザに、俺は皮肉を返すことができなかった。自分で買った武器や弾薬を出し入れするだけの能力では、劇的な戦力向上など期待できないのだ。それこそ、何かの奇跡が起きて俺が億万長者にでもならない限りは。

死体を踏み越えて車まで戻る。流れ弾がドアガラスに直撃して蜘蛛の巣状のひび割れができていたが、幸いなことにタイヤやエンジン部分などに被害はない。窓枠に残っている破片を拳銃のグリップで叩き落としてから、リザとともに車内に乗り込んでいく。

窓の外の景色は、もはや地獄としか形容できない有様だった。

灰色の街の至る所から白煙が立ち昇り、バラエティに富んだ殺され方の死体どもが道に散らかっている。陽が昇ってから二時間も経っていないはずなのに、遠くの方ではもう銃声が聞こえてきていた。

「いい加減、嫌気が差してきたな」俺は疲労感を誤魔化すように煙草に火を点ける。「襲われたのは今ので何回目だ？」

イレッダ地区から脱出するために向かった波止場でシエナを奪われてから、もう半日以上が経っている。地上に戻ってから襲撃された回数はもう覚えていないが、連中のせいで目的から遠ざけられてしまっているのは確かだ。

「そんなの私も数えてない」戦闘狂のリザですら、心底うんざりした表情だった。「どの組織が襲ってきてるのかも解んないし」

現在、イレッダ地区は五大組織の思惑が入り乱れる紛争地帯と化している。

しかしその実態は、フィルミナード・ファミリーが他の四つの組織に一方的に嬲られているという構図となっていた。ハイルとかいうイカレ野郎がロベルタ・ファミリーを売り渡すことで、フィルミナード以外の組織を抱き込んでしまったのだ。

波止場からここに至るまでに戦った連中の中にも、〈アーヴァイン・ブラザーズ〉や〈レシア&ステイシー社〉の構成員どもが確認できた。戦争の混乱で有耶無耶にできる可能性が高いとはいえ、奴らをぶっ殺したことがもしバレれば俺たちに未来はない。

いや、そんな先の話を悠長に考えている場合ではなかった。

「どうする？　このままじゃ〈イレッダの深淵〉なんて永遠に見つからねえぞ」

ハイル・メルヒオットがシエナを使って何かを始めようとしているのが何処なのか俺たちはまだ何も摑めていなかった。奴が指定したタイムリミットが真実ならば、あと二五時間ほどでシエナは歪んだ野望の犠牲になってしまう。

このまま停車していても時間の無駄なので、ひとまず車を発進させることにした。

「そもそも手掛かりはあんの？」

俺は慎重に記憶を手繰り寄せる。

「ハイルが去り際に残した、全てが始まった場所って言葉がヒントなんだろ」

「何か言ってたね。でもさ、そんなの信じていいわけ？」

「奴は嘘吐きだが、そういう種類の嘘だけは吐かない」

「何それ、ただの勘でしょ？」

「ああ。でも信用はできる」

改造された蠅が俺たちを監視していたことに関しても、ハイルは密かにヒントを残していた。

動物を改造して操る能力者を差し向けたにもかかわらず蠅のトリックに気付けなかった俺たちを、奴は心底可笑しそうに嘲っていたのだ。

恐らく、それが奴の異常性なのだろう。

奴は全てが順調に、つつがなく進行していくことを良しとしてはいない。

敵対者にわざとヒントを与えることで、結末がどのように変化するのかを楽しんでいるのだ。

あえて一度希望を与えることで、全てを失った際の絶望をより深く演出するために。

とにかく、ハイルが敵に与えるヒントに嘘はない。

一度心を折られてしまった俺だからこそ、その点だけは信用することができる。

「全てが始まった場所、ね」リザは眉間に皺を寄せて呟いた。「銀の弾丸が初めて持ち込まれた場所ってこと？　それか、銀の弾丸を創った魔女の出生地とか」

「リザ、それが何処にあるのか知ってんのか？」

「私の最終学歴を知ってての嫌味なら、今すぐ殺してあげるけど？」

「違えよ、早まるなバカ。お前が今挙げた情報は、学校の教科書どころか……ネットを隈なく探したところで出てこないんだよ」

「え、そうなんだっけ」

「それだけじゃない。例えばこのイレッダ地区は政府主導のリゾート建設計画によって四〇年以上前に埋め立てられた人工島だが、何がトチ狂って今みたいな無法地帯に様変わりしたのかまでは明らかになってない。政府や市長と犯罪組織との癒着が発覚してプロジェクトが吹き飛んだのが原因とも言われているが、それもきっかけの一つに過ぎないだろう」

「いったい何が言いたいわけ？」

「たった四〇年前の出来事で、ここまで情報が少ないなんて有り得るか？　インターネット専門の引きこもりとはいえ、情報屋のカイですら詳しい背景を知らないんだぞ？　今まで気にもしてなかったが、この人工島や銀の弾丸にまつわる歴史は高度に隠蔽されてるんだよ。それが犯罪組織によるものか、政府によるものかは解らねえけどな」

「くだらない陰謀論なんて興味ないんだけど。早く結論を言ってよ」

リザがあからさまにイライラし始めたので、そろそろ核心を突かなければならない。

「〈イレッダの深淵〉——ハイルが言うには全てが始まったとされるその場所は、この人工島を無法地帯に生まれ変わらせた張本人たちなら知っているかもしれない。高度に隠蔽された何かを、墓の下まで持って行こうとしている連中なら」

与えられたヒントをどれだけ捏ね繰り回しても答えが出るわけがない。

ハイルの側近の銀使い以外には計画の詳細など知らされていないだろうことを考えると、ロベルタ・ファミリーの構成員どもを尋問しても意味はないのだ。情報屋に訊いても金をドブに捨てるだけ。そうとなると、俺たちがやるべきことは限られている。

「……なるほどね。まあ、それしか望みはないか」

どうやらリザも気付いたようだ。

ガラスの消えた窓から煙草の吸い殻を投げ棄てながら、俺は結論を述べる。

「アントニオ・フィルミナードに会いに行こう。大昔から権力者だったあのジジイなら、イレッダの深淵が何処なのか知っているかもしれない」

問題は一つ。

この非常事態に、部外者である俺たちがどうやって奴に接触するかだ。

フィルミナード・ファミリーが存続の危機に晒されている現在、頭領であるアントニオは安全で誰にも見つからないような場所に逃げ込んでいるのは間違いない。当然のごとく周囲には厳戒態勢が敷かれているはずなので、ただの協力業者に過ぎない俺たちに近付く術はない。

「で、居場所の見当はついてんの？」リザも同じ懸念を抱いていたようだ。「ダレンにでも訊いてみる？　確かボスの右腕でしょ」

「奴に連絡するのは駄目だ。グレミーを通して、俺たちがシエナを奪ったことが伝わってる可能性もゼロじゃない」

「あのバカがそんな報告をしてるとは思えないけど」

「それでも用心は必要だ。そもそもな、どんな理由ならボスとの謁見を認めてくれる？」

〈イレッダの深淵〉と、そこに潜んでいるらしい〈魔女の関係者〉。

その存在をダレンに知られてしまえば、悪魔召喚の理論を使ってアントニオを救いたいダレンも兵隊を送ってくることになるだろう。それでは、仮にハイルからシエナを取り戻すことができたとしてもイレッダ地区から脱出することはできない。

「じゃあ、ジェーンに頼んでみればいいじゃん」

俺たちの目的をダレンに悟らせずにアントニオに会うには、確かにそれが最適策だろう。だが、物事はそんなに簡単には進んでくれない。

「さっきからずっと電話を掛けてるが、見事に反応ナシだ。あの女お得意の暗躍作業に忙しいんだろうさ」

思えば、薔薇の女王(ジェーン・ドゥ)が今まで目立った動きを見せていないのは不気味だった。

いくらあの女が傍観者を気取っているとはいえ、ここまで人工島が混乱している状況で大人しく組織に従っているとは思えない。

「もしかすると、あの女も〈魔女の関係者〉を探し始めたのかもね。私らより先に見つけちゃったりして」

「ヒントもなしにどうやって探すつもりだよ」

「あの能力があれば、そんなもんいらないでしょ」

今更思い出した間抜けさに、我ながら苛立(いらだ)ちを隠せなかった。

ジェーンは銀の弾丸の能力によって、キスをした相手の記憶と姿を完全にコピーすることができるのだ。ハイルの側近の銀使い(シロガネ)——モニカ・モズライトかラーズ・スクワイアのどちらかに接近して条件を満たしてしまえば、〈イレッダの深淵〉などという回りくどいヒントを探るまでもなくハイルや魔女の関係者を探し当てることができてしまう。

そうなれば、俺たちは奴にとって利用価値のない障害物に成り下がる。

「……くそっ、あの女に先を越されたら終わりだ」

「電話で進捗状況でも訊いてみたら？」

「そんな間抜けな真似できるか」

「もうとっくに見つけてて、今頃集合写真でも撮ってるとこかもね」

「……否定できる根拠がねえのが辛いよ」

どちらにせよ、こちらからあの女に接触するのはナシだ。相手がどこまで〈魔女の関係者〉に近付いているのか解らない以上、流石にリスクが高すぎる。

溜め息の一つでも吐いてやりたかったが、視界の端に異変を察知したのでやめた。

ハンドルを左に大きく回し、強引に方向転換。中央分離帯を突っ切って反対車線に移動する。

「いきなり何。思春期の衝動？」

「リザ、右前方で盛大に燃えてる建物が見えるか？」

「あの畑の真ん中にポツンと立ってるやつ？　……ああ、銃声がめっちゃ聞こえるね」

「そう、それだ」アクセルを限界まで踏みながら、携帯の画面に周辺地図を表示させる。「あれは恐らく、フィルミナードが管理してる違法農園だ」

阿片や大麻の原材料を栽培し、精製から梱包まで一貫して行なっているとして有名な施設だ。広い農園には工場も併設され、量産体制が整っているとも聞いた。

科学系の合成薬物が主流のイレッダ地区では需要も低下してきているらしいが、未だにれっきとした重要拠点だ。フィルミナード潰しに躍起になっている五大組織の襲撃は避けられなかったのだろう。

リザに銃声が聞こえていることから考えると、襲撃は現在進行形で行なわれている。

「まさか、襲撃からフィルミナードを守ってやるつもり？」

「運よく幹部の誰かがあそこにいれば、恩を売る絶好のチャンスだ」

「そいつにアントニオの元に招待してもらうってこと？」

「そうだ。このやり方なら、ダレンやジェーンを介する必要はない」

もちろん、これが空振りに終わる可能性も充分にあるだろう。フィルミナードの構成員どもをせっせと助けたところで、その中に幹部がいなければ意味はない。

だが、状況は元から焦げ付いているのだ。

希望がどんなに頼りないものでも飛びつかなければならない。

これで駄目なら、フィルミナードの拠点を片っ端から回ればいいだけだ。

「リザ、お前にとってもいい策だと思うけどな」

「へえ、どうして？」

「重要拠点への襲撃だぞ？　銀使いも一匹くらいはいるかもしれない」

「なるほどね。ちょっと楽しくなってきた」

意味を失った赤信号を無視して右折し、炎上する農園へと急ぐ。

——俺の不注意のせいでシエナは奪われ、今もなお危険に晒されている。

凄まじい速度で後ろに流れていく景色を睨みつけながら、シエナと約束した、白い砂浜で過ごす退屈な時間を夢想する。続けて、さっき見た悪夢についても考えてみた。

未来がどちらに転ぶのかは解らない。

全てが砂のように崩れ落ちていく想像を、笑い飛ばすことなどできるはずもない。

だが、諦念に身を委ねていては何も摑むことはできないのだ。彼女を地獄から救い出すために、狂気めいた覚悟を携えて前に進む必要がある。

たとえ、その過程で何を失うことになるとしても。

たとえ、その終点で俺が悪魔に喰われるとしても。

犯してきた罪はもう贖えない。

だからこそ、俺は自らの全てを捧げる覚悟を決めた。


車を乗り捨てて敷地内に足を踏み入れると、暗澹たる虐殺の光景が目の前に飛び込んできた。

培養土の敷地に転がる死体と空薬莢。

踏み荒らされた違法植物の残骸。

悲鳴とともに逃げ惑うフィルミナードの構成員たち。

短機関銃で追い立てる虐殺者と、改造された犬どもの軍勢。

その向こうで炎上する精製工場。

夥しいほどの死と悲劇。

それらが無数に連なって、今まさに世界を侵略している。

俺たちが現れたことにすら気付かないほど、連中は目の前の行為に夢中だった。理不尽に殺されていくフィルミナードの連中はもちろんのこと、瞳孔をかっ開きながら虐殺を続けるロベルタ・ファミリーの戦闘員たちさえも。

統率が取れている集団など一つとして存在しない。

それぞれが、それぞれの眼前の死で精一杯だった。

奴らは完全に、この地獄に囚われているのだ。

「……ラルフ、見なよ。ロベルタのアホどもの口から何か生えてる」

冷たく吐き棄てたリザが指差す方に目を向けると、虐殺者どもの口の中から細い触手のようなものが生えているのが見えた。

エナメル質の白い尻尾のようなその物体には見覚えがある。あれは、ハイルがロベルタ・ファミリーの末端構成員たちを操るために利用している生物兵器だ。

余計なことを喋ろうとしたり命令に背くようなことがあれば、蛇は風船のように膨れ上がって気道を内側から圧迫する。哀れな構成員たちは窒息を通り越して、内側から破裂して死に至るのだ。

つまり、虐殺者どもの方も自らの命を人質に取られているということだ。

恐らく、ロベルタ・ファミリーそのものが不要になったハイルは、この機会に在庫処分でもしているつもりなのだろう。

ハイル・メルヒオットという男の狂気によって形成された、一切の救いが消えた戦場。

そしてそれは、この人工島の至る所で繰り広げられている。

「……リザ、さっさとこの茶番劇を終わらせるぞ。反吐が出る」

「珍しく同意見。じゃあ刀を貸してくれる？」

俺が投げ渡した刀を鞘から引き抜くと、リザは瞬く間に疾風と化した。

不運にもリザが走る方向にいた男や犬どもが、大量の血液と臓物をブチ撒いて両断されていく。近くにいる者がリザの存在に気付いたときにはもう遅く、短機関銃の照準を合わせる前にバラバラにされていった。

「おい、農園に幹部の誰かはいるか？」

近くで腰を抜かしていたフィルミナードの構成員に声を掛ける。リザが敵の注意を引き付けている間に、本来の目的を果たさなければならない。

「たっ、助けに来てくれたのか⁉　誰だか知らねえが……本当に……！」

「待て、そんな風に期待されても困る。俺たちは人探しをしているだけだ。もし下っ端どもしかいないなら、こんな場所にいる理由は……」

「ありがとう……ありがとう……！」

この男からすると、今の俺たちは救世主か何かに見えていることだろう。

妙な罪悪感を覚えつつ更に急かしてみると、男は黒煙を上げて燃え盛る精製工場の方を指差した。

「こっ、ここを管理してる最高幹部のボルガノさんが、まだ工場の中にいるはずだ。でもあの様子じゃ……もう……」

適当に礼を言って、俺は炎上する精製工場へと走り出した。

恐らく、貯蓄してある麻薬に引火して粉塵爆発でも起こしてしまったのだろう。あの中にいた人間が、まだ原形を留めているなど想像もできなかった。

二階建ての小さな工場のトタン屋根は既に吹き飛び、燃え盛る炎と黒煙が空高く立ち上っている。虐殺者どもが工場の近くにいないのは、更なる爆発を恐れてのことに違いない。

「……くはっ……はっ、はっ」

盛大に咳き込んでいるスキンヘッドの男を発見する。凶悪な顔面を苦痛と煤で染めながら、地面を無様に転げ回る男には見覚えがあった。

「ボルガノ・モルテーロだな？」

フィルミナード・ファミリーに九人いる最高幹部のうちの一人。頭は足りないが極めて凶暴な武闘派として、この男はそれなりの有名人だった。

まさに、俺たちが探し求めていた種類の人間だ。

何かの奇跡が起きて、この男は炎上する工場からの脱出に成功したのだ。

「……何だ、きっ、貴様は！　増援を、呼んだ覚えはっ」

酷い火傷に苦しむ男の目の前に、水の入ったボトルとガーゼを並べる。

「俺たちは、そうだな……フィルミナードの協力業者だ。条件次第では助けてやってもいい」

「……ふざ、けるな。俺のっ、俺の護衛には銀使いも」

「残念だけど、俺の目には見えないね」

まともな忠誠心を持たない銀使いが、こんな絶望的な状況でも幹部を守り続けるなどあり得ない。ボルガノは強力な銀使いを何人も抱えていたらしいが、奴らの合理的判断によって見捨てられたのだ。

「まさか……そんなはずが……。どれだけの報酬を奴らに払ってると……」

「化け物は金だけのために命は張らない。見誤ったな」

ボスの右腕とされるダレン・ベルフォイルでさえ、支配下に置いている銀使いは四人程度だ。化け物それぞれの異常性を見極めて、金銭以外に自分に付き従うメリットを与え続ける。

それができなければ、窮地に陥った際に簡単に見捨てられてしまうのは当然だ。

己の影響力を過信してしまった哀れな男に、俺は打算に塗れた救いの手を差し伸べる。

「指定の口座に六〇〇万エル。それから、俺をアントニオ・フィルミナードに引き合わせること。これがあんたを助ける条件だ」

「何を勝手に……」

反論しようとしたボルガノが、口が開いたままの状態で停止する。

その理由はすぐに解った。絶望に見開かれた男の瞳の先に、白衣を着た黒髪の女が立っていたのだ。

「お久しぶりです。地下水路で会って以来ですね」

ハイルの側近の一人――モニカ・モズライトと名乗る銀使いが、眼鏡の奥の瞳を細めて微笑んできた。

「あれから元気にされてましたか？」

モニカは眼球と口腔から槍の穂先を生やした大型犬を二匹連れている。

よく見ると、大型犬のうち一匹が球状の物体を前足で転がして遊んでいた。それが脳漿を垂れ流す男の頭部だと気付いた瞬間、ボルガノが声を上げた。

「そ、そいつは俺の部下だ。……なんてことを」

「ああ、優秀な銀使いだったらしいですね」モニカは慈しむような目を、化け物の残骸へと向ける。「もっとも、この子たちの気配に気付かず殺されちゃいましたけど」

　動物を改造して操るという悪趣味な能力は、こういう襲撃においては非常に強力だ。奇襲性が極めて高く応用も効くため、充分に警戒していなければ銀使いであっても一方的に殺されてしまう可能性がある。

　だが、奴の能力を既に知っている俺なら、一人でも何とか対抗できる。

「さて、どうする？」俺はモニカに銃口を向けたまま、這いつくばる最高幹部に最後通告を下した。「今すぐ要求を呑まなければ、このまま置き去りにしてやってもいいんだけど」

　ボルガノが崩れ落ちるように頷いたのを確認して、俺は両手に短機関銃を召喚した。

「もうあんたの能力は見切ってる。わざわざ殺されにきてくれたのか？」

「銀使いを五匹殺さなきゃいけない命令でして。丁度、あなたと相棒さんでノルマ達成です」

　モニカは、後方からリザが接近していることに気付いていた。

　振り下ろされた刀を身を捩って躱すと、白衣の内側から白い塊を解き放つ。

　鳩のようにも見える白い鳥がリザの頭上で炸裂。不自然に膨れ上がった胴体から、内臓や羽毛とともに鋼鉄製の網が放たれた。

「びっくり動物ショーにはもう飽きてんだよっ！」

　呆れたように言い放ち、リザは網の範囲外まで後退する。

　視線の交換で意図を察知した俺は、短機関銃の引き金を引いてモニカをその場に釘付けにした。胴体を風船のように膨張させた二匹の改造犬が盾となって銃弾を防いでいくが、リザが体勢を立て直すのに十分な時間を稼ぐことはできた。

リザは再び刀を構えて、矢の速度で突進していく。

白衣に潜ませていた白蛇が迎撃を狙うも、俺が再び放った銃撃によってモニカは緊急回避を余儀なくされる。流れ弾が当たらない完璧なタイミングで跳び上がったリザが、後退する女を更に追いつめていった。

「……こんなっ、完璧な連携ができるなんて知らなかったですよ」

俺たちは互いの思考を完全に共有し、寸分の狂いもなく連動した攻撃で敵の選択肢を磨り潰していく。音速の刃が様々な方向から迫り、銃弾が剣撃の間隔を埋め、それらが何重にも繰り返される。途切れることのない攻撃を前に、モニカは防御すらままならなくなった。

一瞬の隙を突いて、俺は後ろ手に隠していた閃光手榴弾を投擲した。

緩慢に宙を舞う円柱状の物体に、モニカは意識を向けざるを得ない。しかしその間にもリザは低空姿勢で間合いを詰めていて、空間を立体的に使った挟撃が成立していた。

結局モニカは、顎先に向かって振り上げられる刀を身を捩って躱す、という選択をした。

虚しく空を切った刃。

それでも、リザの口許は凶悪に吊り上がっている。

モニカが反撃に転じる前に閃光手榴弾は炸裂。リザは能力によって爆音の指向性を操作し、大きく体勢を崩した女の、ガラ空きの鼓膜へと直接叩き込んだのだ。

これで、勝負は完全に決した。

爆音を直に受けて気絶していないだけでも大したものだが、膝から崩れ落ちた女にこれ以上の反撃は不可能だろう。

俺は手錠を呼び出し、敗者へと近付いていく。

「当初の予定とは少し違うが、運がよかったよ。ハイルの居場所を吐いてもらおうか」

モニカは何とか逃げようと腰を浮かせたが、結局立ち上がることができずに再び尻餅をつく。

「逃げられるわけねえだろ。諦めろ」

一応の警戒とともに細腕を摑もうとしたとき、俺は強烈な違和感を察知した。

モニカの口許に、絶体絶命の状況にはそぐわない笑みが浮かび上がっていたのだ。

「何がおかしい?」

「……ああ、やっと来てくれた」

突然の消失。

一瞬前までそこにいた白衣の女が、幻のように姿を消してしまったのだ。

この数日間のうちに、何度も体験した現象だ。

ハイル・メルヒオットやその部下どもは、こうして一瞬で姿を消すことができる。首を振って周囲を探ってみても、モニカの姿は一切見当たらない。

何もない空間からの衝撃を受けて、俺は僅かによろめいてしまう。

今、俺は間違いなく何者かに激突した。実体はあるが姿が見えない誰かが、モニカを回収して走り去っていったのだ。

「リザ！」俺は怒鳴りつけるように指示を出した。「もう一匹の化け物が近くにいるはずだ！能力で探せないか？」

「何も聞こえない！　多分こいつは、音すらも消せる！」

舌打ちとともに地面を蹴りつけると、巻き上がった培養土が緩やかな軌道を空中に描いて落下していった。その光景にすら殺意が湧くくらいには、俺は心底苛立(いらだ)っていた。

二つ以上の能力を持つ化け物など聞いたこともないので、一連の奇術を巻き起こしているのは新手の銀(シロガネ)使いなのだろう。

恐らくは、自分や触れている相手の姿や音を認識できなくする能力。

瞬間移動のような能力という可能性もあるが、もしそうならさっき俺に激突したことの説明がつかない。

何より苛立(いらだ)つのが、その銀(シロガネ)使いには攻撃の意志が微塵(みじん)もないということだ。もし奴(やつ)がその気になれば、俺たちはとっくにくたばっている。

恐らくはハイルの指示によって、俺たちは掌(てのひら)の上で仲良く踊らされているだけなのだろう。

「どうする、ラルフ？」

「……とにかく、切り替えるしかない」

ハイルに辿り着く絶好のチャンスを逃してしまったのは確かに痛い。

だが、当初の目的に立ち返ればいいだけの話だ。

タイムリミットは刻々と近付いている。時間が一秒でも惜しい中で、打ちひしがれている余裕などあるはずがない。

すっかり放心状態のボルガノに駆け寄り、俺は抑揚のない声で耳元に囁いてやった。

「俺たちはあんたを守ってやった。次に約束を果たすのはどっちだ？」

◆

瓦礫が散乱する大通りで、グレミー・スキッドロウは二挺の拳銃をただひたすらに連射していた。無数の銃弾が、横殴りの激流となって放たれる。しかし、対面する銀使いを捉えることは未だできていなかった。

敵の身体能力の凄まじさを再認識して、グレミーは込み上げてくる笑みを抑えきれなくなった。

「いいね、最っ高だぜ、あんた！」

狼の牙を模した刺青を顔面に施した黒人の男が、凶悪な笑みを返してくる。

風貌から推測するに、敵は五大組織のひとつ〈アーヴァイン・ブラザーズ〉に所属する銀使いだ。軽やかな身のこなしと、冷静に獲物を品定めする視線は、密林で生きる肉食獣を彷彿とさせる。

「ロベルタとの同盟など知らないが、今はフィルミナードを壊滅させる絶好の機会だ。悪いが死んでもらうぞ」

「はっ、そんな大義名分が必要か？　俺とお前が、何も考えず楽しく殺し合える戦場がここにある。それだけで充分だろ、なあ！」

ウェズリー・ウォルハイト——組織内でも一、二を争う実力を持つ銀使いが殺されたと聞いて、グレミーは確かに喪失感を覚えた。目標を喪い、足元がぐらつくような感覚すら味わった。

だからこそ、今度はこの戦争を心から楽しむことに決めたのだ。

戦場に身を浸してさえいれば、新たな闘争が次から次に湧いてくる。

組織の行く末も、自らの負傷の具合も、疲労の程度も命の残量もどうでもよかった。目の前の敵と自分だけが存在する純粋な世界こそが、今のグレミーにとっての全てだった。

「……空虚、だな。いいから融けて死ね」

一抹の憐れみを込めて呟くと、黒人の銀使いは交差させた両腕を水平に振り抜いた。

「またそれかよ」

グレミーは左胸の〈銃創(スティグマ)〉に干渉して能力を発動。前方に不可視の壁を発生させることで、何とか死を免(まぬが)れることができた。

壁で防げる範囲外にあったコンクリートの地面や瓦礫(がれき)が、肉が焼けるような音とともに泡立っていく。コンクリートの周囲に白い煙が漂い始めたのを見て、グレミーは敵の能力の厄介さを再確認した。

「強酸を身体(からだ)から出す能力、ね。当たったら少し痛そうだ」

俊敏に動き回ってこちらの銃撃を躱(かわ)しながら、周囲に強酸を振(ふ)り撒(ま)いていくのが敵の基本戦術だ。瞬間的な殺傷能力でいえば大したことはない。ただ、長期戦になれば話は変わってくる。たとえ直撃を防いだとしても、強酸は気化して体内に侵入してくるのだ。目や鼻、気管支を襲い続ける激痛が、危機的状況を知らせてくれている。

「陰湿な能力だな。早くぶっ殺した方が世のためだ」

「口だけは立派だな」男の全身は、大雨に打たれた後のように濡(ぬ)れていた。「どうする？　このまま、壁の後ろに隠れ続けるつもりか？」

「まさか」激痛と涙で滲(にじ)む視界の中で、グレミーは凄惨に笑った。「んなことしてたら勿体(もったい)ねえだろ！」

前方に壁を張りながら、グレミーは愚直に突進していく。

壁を飛び越えて襲ってきた強酸が全身を焼いていくが、脳内麻薬が過剰分泌されている戦闘狂を止めるには不十分だった。激痛を嬉々として受け止めながら、凄まじい速度で間合いを詰めていく。

この能力を前にして、接近戦を仕掛けてくる相手は初めてだったのだろう。

だから、黒人の銀使いは咄嗟の判断を誤った。

死を恐れず、痛みで足を止めることもない異常者に対して、退避ではなく迎撃を選んでしまったのだ。

グレミーは強酸で全身を爛れさせながらも疾走し、銃弾を回避できない間合いまで近付いていた。

敵が己のミスを呪ったときには既に、二挺の拳銃が怒号を放っていた。

銃声。絶叫。血飛沫。銃声。懇願。無視。銃声。銃声。銃声。永遠の沈黙。

既に絶命して悪魔に魂を取り立てられている肉塊に、グレミーはなおも発砲を続けた。

勝利による達成感や生き延びたことへの安堵などはなかった。ただ、出処の解らない空虚な快感だけが脳内を占めていた。

「相変わらずそんな戦い方をしているのか、グレミー」

背後から聞こえた声に、慌てて銃口を向ける。

ビジネスマン風に整えられた黒髪と、品のいいスーツに身を包んだ長身が鼻につく男。爽やかな仮面で内に潜む何かを巧妙に隠しているこの男は、まさしくグレミーが追い求めていた化け物本人だった。

「ウェズリー……！　生きてやがったのか」

報告が正しければ、ウェズリーは昨日の五大組織会談で殺されたはずだ。フィルミナードが他の四つの組織から襲撃され、ボスのアントニオと最高幹部のダレンは撤退を余儀なくされた。その過程で、彼らを逃がすために己を犠牲に捧げたのだと聞いていた。

一瞬、ダレンの側近である薔薇の女王が化けているのかと考えたが、グレミーは即座に否定した。確か、ジェーンの能力で化けることができるのは今生きている人間だけだったはずだ。それに、ウェズリーのような手練れが簡単にキスを許すとは到底思えない。

「まずは傷を癒した方がいい」

主要な部分は能力で防いでいたとはいえ、全身の至る所を強酸で焼かれている。先程の銀使いと戦う前に負傷した箇所なども合わせると、常人なら五回は死んでいるほどの状態だろう。

だが、まだ銃を握ることはできる。

能力も問題なく発動できるし、何よりこの興奮が鎮まってくれそうにない。

部下を心配するようにも見える表情を浮かべるウェズリーに、グレミーは二挺の拳銃を突き付けた。

「……何のつもりかな？」

「約束は覚えてるよな？　丁度いい、今ここで戦おう」

シエナ・フェリエールの護衛という退屈な仕事を引き受けることで、ウェズリーと真剣に殺し合う機会を設ける。そういう約束を、上司のダレン・ベルフォイルと交わしていた。

肝心のシエナは賞金稼ぎ二人組によって連れ去られてしまったが、フィルミナードが壊滅寸前で、監視役（ダレン）の行方も定（さだ）かではない今となっては些細（ささい）な問題だろう。

つまり、今この場所に、二人の戦いを止めることができる者は一人もいないのだ。

「そもそも、俺が銀（シロガネ）使いになったのはあんたと戦いたかったからだ。そのために適合手術を受けて、ダレンの手駒という立場を受け入れていた」

ウェズリーは何故（なぜ）生きているのか。

彼に心酔しているカルディアの報告は嘘（うそ）だったのか。

そして、このタイミングで自分の前に現れた理由は何なのか。

それら全てが、グレミーにはどうでもよかった。

なぜなら、殺し合いたい相手が目の前にいて、何者にも邪魔をされない状況がここにある。

「優等生を気取ってるが……あんただって本当は同類なんだろ」

「……解（わか）った、約束は果たしてやろう。だがそれは今じゃない」

「待ってられるか」

「やるなら万全の状態で、だ」ウェズリーは困ったように笑った。「グレミー、その傷でどうやって俺と戦うつもりなのかな？」

そうやって言いくるめてしまうのが、ウェズリーの常套手段だ。

心を喪った銀使いは己の本能や執着心に支配されると言うが、グレミーは一度としてウェズリーの根幹にあるものを見たことがなかった。

グレミーはそれでも、引き金を引くきっかけを探った。

「殺し合うつもりがないなら、どうして俺の前に現れた？」

「それは奇妙な質問だよ、グレミー。俺たちはファミリーの一員だろう？　フィルミナードが危機に陥ってるなら、協力して動く必要がある」

「なあ、本当にそう思ってんのか？」

「当たり前だろう」

「いいや、嘘だね。化け物が組織の存続なんざ気に掛けるわけがねえ」

この男は正論を振りかざすのが好きだが、決して馬鹿ではない。

グレミーが大人しく協力するはずなどないことは、ウェズリーにも解っているはずだ。

「別に他意はないよ。組織の存続のために、今は手を貸してくれ」

微笑みながら手を差し出してきたウェズリーの内側にある何かを、グレミーはやはり読み取ることができなかった。

10

Got My Head Checked

シエナ・フェリエールが目を覚ましてから最初に気付いたのは、自分が今何処にいるのか全く覚えていないということだった。

痛む身体と絶望の残滓を引き摺りながら、目で周囲の情報を掬ってみる。

まず確認できたのは、自らが厳重に拘束されていることだった。警察が使うような鉄色の手錠ではなく、黒色の分厚い金属板に両腕が通されている。これが非常に重く、腕を上げることすらもままならない。

ここはかなり年季の入った建物の内部なのだろう。重く沈んだ色のコンクリートは所々がひび割れ、黴のような臭気を漂わせている。いま凭れ掛かっている壁面には、嫌な種類の湿気が染み込んでいた。

壁と天井をいくつもの鋼鉄の柱が繋いでいるのを見て、シエナはようやく、自分が檻に放り込まれているのだと認識した。

見渡す限り窓はなく、頼りになるのは壁面に取り付けられた旧式のランプだけ。これでは、今が昼なのか夜なのか、あの波止場で自分が連れ去られてからどれだけの時間が経ったのかも解らない。

「目覚めたか？」

いや、もっと重大な懸念は別にある。

「何だ、聞こえないのか？」

地の底から湧き上がり、世界を埋め尽くそうとしているこの気配は一体何だ。

「どうした、シエナ・フェリエール」

まるで、無数の悪魔どもが、次元の壁の向こうから迫ってくるような——。

「おい！」

軍の指揮官を想起させる野太い声で、シエナはようやく我に返った。

声がした方向には、鋼鉄の檻(おり)の向こう側に立つ白髪頭の屈強な男が見えた。漆黒の戦闘服が粗末な明かりに照らされて、荘厳(そうごん)な雰囲気を醸(かも)し出(だ)している。

ラーズ・スクワイアと呼ばれていた老兵は、顎鬚(あごひげ)をさすりながら囚(とら)われの少女を品定めしている。

「心此処(ここ)にあらず、だな。自分の行く先にある地獄に恐怖しているのか、それとも人工島で蠢(うごめ)く何かに怯(おび)えているのか」

ラーズが喋(しゃべ)るたびに、咥(くわ)えた煙草(たばこ)が上下に揺れる。

「ハイルの話を聞いても半信半疑だったが、なるほど奇妙なガキだ」

シエナは他人事(ひとごと)のように考えた。

銀の弾丸に宿る悪魔の気配を感じ取る——そういう特異体質が、自分には備わっているらしい。それは、かつて大量の悪魔を現世に呼び寄せたとされる、お、と、ぎ、話、の、魔、女、にも宿っていた力だった。

それこそがシエナの利用価値であり、今ここに囚われている理由なのだ。

いずれ自分は悪魔を現世に喚び出すための生贄にされるだろう。現に、シエナに銀の弾丸を埋め込めば悪魔を完全に召喚できることはオルテガが証明している。

ただ、彼女には一つだけ解らないことがあった。

周囲の全てを呑み込んでしまいかねないほどに危険な存在を、ハイルはどう活用するつもりなのだろうか。

喉元に這い上がってくるような恐怖から目を逸らすため、シエナは何かしらの言葉を紡ぐことにした。

「あなたが私の見張り役……ってこと？」

銀の弾丸の悪魔に精神を侵食され、空虚な戦闘狂になってしまった化け物。

そんな相手と会話が成立することはあるのだろうか。この男は、あの賞金稼ぎ二人組とは根本的に違う。

それでもシエナが問い掛けてみたのは、単に、黙っていると気がおかしくなってしまいそうだったからに過ぎない。

ラーズは二本目の煙草に火を点けた。

「いや、少し興味があって見に来ただけだ。見張りが必要な状況か？」

この男の言う通りだ。両手を拘束する金属板と鋼鉄の檻がある限り、何をどう足掻いたところで逃げることなどできはしない。

いや、真の問題はそんなことではなかった。

シエナには今、どちらが喋っていたのか解らなかったのだ。

ラーズの声帯から音が放たれているというのは解る。だが、別の場所にいる何者かが、別の言葉を重ねている感覚があった。端的に言うと声が二重になって聴こえるのだ。

以前までは微かに感じるだけだった悪魔の気配を、今ではあまりにも鮮明に認識できるようになった――この現象は、きっとそういう意味を持つのだろう。

この男がそれだけ強力な銀使いということなのだろうか？

いや、恐らくそれだけではない。シエナは即座に自分の考えを否定した。

異常なのは、ラーズから感じる気配だけではない。

この人工島中の銀の弾丸に宿る悪魔全体が、徐々にその気配を強めている。

まるで、悪魔どもが互いに共鳴し合っているかのように。

まるで、何かの始まりを予感して沸き立っているかのように。

遥か遠くにいたはずの悪魔どもが、今確かに足元を這い回っている。そんな気配を、シエナは強く感じていた。

「〈イレッダの深淵〉へようこそ、シエナさん。居心地はどうですか？」

異形の気配とそれがもたらす恐怖に耐えていると、檻の向こうからもう一人の男が現れた。

ハイル・メルヒオット。五大組織の一つ〈ロベルタ・ファミリー〉の最年少幹部にして、人工島に戦火を招き入れ、全ての悪党どもを救いのない地獄に突き落とした張本人。

そして、シエナをラルフたちから奪い取った怨敵でもある。

「そんな怖い目で睨まないでくださいよ。別に僕たちには敵意なんてない。ちょっと協力してもらいたいだけです」

その協力とやらの内訳は、シエナを悪魔の媒体にして殺す以外に有り得ない。

どこまでも白々しく微笑む男に、激しい怒りを抱かずにはいられなかった。

「…………ふざけるな」

「どうしました？」

シエナは己の感情を抑えきれなかった。

「こんな戦争を引き起こして、銀使いをたくさん殺して……！　あなたは一体何をするつもりなの？　どうしてそんな風に笑っていられるの？」

「ちょっと、質問が多いですよ。そんな一気に捲し立てられても……」

「ラルフたちは……あの二人はっ」

次を言いかけて、シエナは慌てて口を閉じた。

駄目だ。

弱い感情を表に出してしまえば、この男の嗜虐心を刺激してしまう。

「心配しなくても、まだ生かしてありますよ。ここに辿り着けるかどうかは知りませんが」

「……悪い癖だ。いつか牙を剝かれるぞ」

「起伏のない展開よりマシですよ。ラーズさんだってそう思うでしょ？」

ラーズの方はともかく、こうして対面してみてもハイルという男からは鋭い気配のようなものを一切感じない。何処までも普通な、ただの温厚な人間にしか見えない。

それがあまりにも不気味だった。

銀使いをも圧倒するほどの狂気を内包しながらも、この男は分厚い微笑を常に纏っている。言葉の一つ一つに真剣味がなく、何を考えているのかがまるで読めない。

この男の本質は何処にあるのだろう。

理解しようとすることを、本能が頑なに拒否していた。

「そういえば、シエナさん」気の抜けた声が、シエナの耳朶をそっと叩く。「シャルロッテ・グリースリーという女性をご存じですか？」

檸檬色の瞳を細めて、ハイルは笑顔に見える表情を作っていた。

◆

無駄な戦闘を避けるため周囲を警戒しつつ、人気のない路地裏を進んでいく。

フィルミナード・ファミリー最高幹部のボルガノは、不服そうな態度を全身に滲ませながら俺たちの前を歩いていた。

先程俺たちは、違法農園を襲撃していたモニカ・モズライトと、彼女が率いるロベルタ・ファミリーの構成員どもを撤退させた。まさしくボルガノを敵の魔の手から守ってやったわけだが、この男からは感謝の気持ちなど微塵も感じられない。

「何、その態度。私らのおかげで生き延びたんでしょ？　あの場で殺されたかったなら、最初にそう言ってくれないと」

「やめろリザ。仮にもフィルミナードの最高幹部だぞ、気を遣ってやれよ。部下に見捨てられて死にかけるだけならまだしも、得体の知れない若造二人に助けられてしまったときてる。見ろ、恥ずかしすぎて歩き方もぎこちなくなってるだろ？」

「ごめんごめん、私そういう気が回らないからさ。ボルガノくんもあんまり気にしないでいいから。ね？」

二回りほどは若いリザに幼児扱いされた時点で、ボルガノの怒りはついに沸点に達したようだ。禿げ頭に青筋を立てながら、悪鬼のような形相で振り向いてくる。

「いい加減にしろよ、化け物ども。俺が誰だか解って……」

ボルガノがその続きを口にすることはできなかった。

氷点下の眼をしたリザが迅速に動き、喉元にナイフを突きつけていたのだ。

「拳銃を没収され、周りには助けてくれる部下もいない上に、俺たちに大恩まである哀れな中年男だろ。違うか？」

シエナを取り戻して人工島から脱出してしまえば関係性が切れるとはいえ、フィルミナードの最高幹部にここまで不遜な態度を取っている自分が信じられなかった。

それほど俺も焦っているのだろうと、強引に納得するしかない。

俺たちに助けられたことを心の底から後悔し始めたボルガノに、俺は言った。

「いいから、あんたは俺たちを頭領の元に連れていくことだけを考えろ。ああ、謝礼の六〇〇万エルも忘れずにな」

「貴様ら街のドブネズミがアントニオに会って、いったいどうするつもりだ」

「それ以上口を開くと俺たちの仕事が増える。死体処理も楽じゃないんだ」

それが決定打だった。

憤死しそうな表情のまま口を噤み、ボルガノは黙々と歩いていく。もし俺たちを欺こうとするような挙動があれば、心音を聞き分けてリザが事前に察知するだろう。

こういう強硬派の権力者は、自らの後ろ盾となる武力を失った途端に交渉能力のない無能へと成り下がるのだ。心を喪った銀使いが狂気をチラつかせれば、こうして奴隷のように扱うことも容易だった。

「……ここから中に入る」

ボルガノが立ち止まったのは、ロクに陽も差し込まない路地裏の終点だった。薄汚れた壁面に裸の女をデフォルメしたような落書き(グラフィティ)が施されているが、残念なことに欠片(かけら)ほどのセンスも感じられなかった。

抗議しようと口を開いたとき、ボルガノが壁面に黒いカードを翳(かざ)した。

微(かす)かに聞こえるモーター音が開錠の合図だったらしい。ボルガノが隠し扉になっていた壁面を手で押して中に入っていくので、俺たちもそれに続いた。

「フィルミナードの連中は隠し扉の類が大好きだな」

嫌味のつもりでそう言うと、ボルガノは当然のように呟(つぶや)いた。

「大昔、イレッダ地区の建設にも組織が関わっていたらしいからな。今は使っていない場所も含めて、こういう入り口はいくつも存在する」

自動で扉が施錠(せじょう)されていく音を背中で聞きながら、地下へと続く階段を下りていく。電気もきちんと引かれているらしく、各段に足元を照らす電灯が取り付けられていた。犯罪組織にそぐわない親切設計に、隣を歩くリザも苦笑していた。

「いったい何処(どこ)に繋(つな)がってる?」

「フィルミナードの重要拠点のいくつかは、こういう地下通路によって結ばれている。今向かっているのは俺が管理している倉庫だが、そこからアントニオが隠れている場所にも行ける。後で案内してやるよ」

「なあ、俺たちにはあまり時間が……」

「六〇〇万エルなんて大金を俺の財布から直接出せと？　倉庫にある、組織所有のＰＣからお前の口座に入金するしかない」

特定のＰＣでしか出入金ができない仕組みになっているのは、フィルミナードのような大組織には当然の不正対策なのかもしれない。

「……解(わか)ったよ、そこまで案内してくれ」

地下通路をしばらく進むと、比較的開けた場所に辿(たど)り着(つ)いた。

足元に転がる負傷者たちや、その間を縫って忙(せわ)しなく動き回る黒服の男たち。清掃などまるで行き届いていない薄汚れたコンクリートの箱の中は、野戦病院という形容がぴったりの有様(ありさま)になっていた。

床に転がって呻(うめ)き声を上げる哀れな男たちには、清潔な包帯すらもあてがわれていない。まともな医療知識を持った人員も、最低限の治療器具すらも不足しているのだろう。

ここからは、どうしようもない行き詰まりと、死の気配が強く感じられた。

「ここまで来ると、もう完全に戦場だな」少ない足場を探しながらボルガノの後を追いかけていく。「それも末期戦だ」

無意識のうちに漏れた感想に、リザが追随してきた。

「犯罪者が犯罪者に殺されてるだけだから、誰も同情なんてしないだろうけど」

「人工島の外じゃ今頃、祝賀パレードでも開かれてるかもな。世界が少しだけ平和になった記念として」

そういえば、五大組織間の抗争が始まったというのに島外の動きが全く解らないのが不気味だ。回線が混雑しているのかネットも地獄のように遅く、何より軍隊や政府直属の〈猟犬部隊〉が治安維持に駆けつける様子もない。

だとすると、イレッダ地区は本格的に世界から見捨てられているのかもしれない。

「お前ら化け物どもが全員消えない限り、平和なんてもんは訪れねえよ」

ホームに帰ってきたことでどうにか威勢を取り戻したらしいボルガノが、少しも笑わずに言った。どう見ても平和主義者には見えない男なりの、精一杯のジョークだったのかもしれない。

ただ、隣のリザは醒めた表情で嗤っていた。

「あんたはただ、私らをボスの元に案内するだけの人形になってりゃいいんだよ」

「アントニオに直訴して、シエナ・フェリエールを解放してもらうつもりか？　反吐が出るほど甘い考えだな」

ボルガノが得意顔でカードを切ってきたが、俺は何とか平静を装うことができた。

完全に忘れていたが、この男はそもそもフィルミナード・ファミリーの最高幹部の一人なのだ。それに、シエナを媒体にして召喚した悪魔を軍事利用しようと考えているほどの、クレイジーな強硬派でもある。

さっきまで俺たちが優位に立てていたのは、単にこいつが非常事態に見舞われていたからに過ぎない。

「私らがどうしようと、あんたに関係ある？」

「お前らにあの少女娼婦は使いこなせないよ。あれは我々が有効活用する」

今ので確信したが、ボルガノは、シエナが紆余曲折を経てハイルに奪われてしまったことをまだ知らない。当然ながら、奴が潜伏している〈イレッダの深淵〉についても同様だろう。

つまり、俺たちが慎重に立ち回りさえすればフィルミナードに横槍を入れさせずに済むということになる。

「くだらない問答はもういい。まずは六〇〇万エルからだ」

「……はっ、クソガキが」

こちらの思惑など知る由もないボルガノは、顔を真っ赤に染めながら通路の側面に並ぶ扉の一つに入っていった。この部屋の中に出入金用のPCがあるのだろう。

内部に足を踏み入れた瞬間、周囲の湿度が急激に上昇したのを感じた。

コンクリートに覆われた殺風景な部屋を、天井から吊り下げられたいくつかの裸電球が照らしている。橙色の明かりが折り重なって、部屋の中心部だけを薄暗闇に浮かび上がらせていた。

そこに置かれている木箱には、一人の女が座っていた。

強すぎる照明に照らされていてもなお、その女の周囲だけが黒く澱んで見える。

喪服のようなドレスに身を包んだ銀使い、カルディア・コートニーは死の宣告でも受けたかのように陰鬱な表情で何処かを見上げていた。

視線の先にあったのは、空中に磔にされた黒服の男だった。

両掌に深く突き刺さった釘が、男を何もない空中に繋ぎ留めているのだ。この物理法則を無視した現象は、間違いなくカルディアの能力によるものだろう。

疑問は色々とあるが、まず確認しなければならないのはこれだ。

「なぜお前がここに？　確かお前の上司はボルガノとは対立関係で……」

カルディアは俺たちの登場に気付いてすらおらず、返答はなかった。ひたすら自分の世界に閉じこもっている異常者を待っていても仕方ないので、ひとまず会話は諦めることにする。

そういえばカルディアは、五大組織会談で殺されたというウェズリーを崇拝していた。こいつが打ちひしがれているのは、その教祖様が死んだからかもしれない。

「あの化け物は、ウェズリー・ウォルハイトの死をダレンが仕組んだものだと思い込んでいる」

代わりに回答してくれた最高幹部は、心底うんざりした表情で続ける。

「こちらに寝返ってくれたまではいいが……何も知らないロベルタの下っ端を相手に、ああして無意味な拷問を続けているだけだ。異常事態で人員が足りず、あのバカを武力で従わせることもできない」

「ＰＣがある部屋に置いておいても大丈夫なのか？」

「見りゃ解(わか)るだろ、奴(やつ)はイカレてる。金に興味なんかないだろうし、そもそもだな、誰もいない部屋に閉じ込めとかないと何をしでかすか……」

尊大な口調で言いながらも、ボルガノの表情にははっきりと恐怖が浮かんでいた。

理由はよく解(わか)る。カルディアがやっているそれは、もはや拷問と呼べるような代物ではなかったからだ。

磔(はりつけ)にされている男は確かに全身から血を流して悶(もだ)え苦しんでいるが、一方の拷問吏(カルディア)は完全に興味を失っている様子だった。何かを訊(き)き出そうという意図は全く感じられず、苦悶(くもん)に喘(あえ)ぐ男を呆然(ぼうぜん)と見上げているだけだ。

恐らくカルディアは、ただ誰かを痛めつけていたいだけなのだ。

ウェズリーという神を失った悲しみを埋め合わせるためだけに、奴は何の関係もない人間を地獄に付き合わせている。

「……誰？」

闇色の瞳が、怯(おび)えるようにこちらを見上げてきた。

ボルガノがそそくさとＰＣのある部屋の奥へと走っていき、隣のリザは口笛を鳴らして闘争の予感を歓迎した。

冗談じゃない。こんな場所で、こんな無意味な戦闘をしてたまるか。

「久しぶりだな、カルディアだったか？」俺は葬儀業者の表情を真似することにした。「その、アレだ。ウェズリーの件は聞いたよ。何と言ったらいいか……」

ストーカー女から期待通りの反応はない。カルディアは両手いっぱいに釘を握り込んで、よろめきながらも何とか立ち上がった。

泣き腫らしたようにも見える瞳は、明らかな殺意を俺たちに放っている。

「……のせい、で」

「何だ？」

「あ、あんたたちのせいで、ウォルハイト様は死んじゃったんだ！　薄汚い賞金稼ぎなんかの相手をしたせいで集中力が削がれて、それで……」

「待ってくれ、そりゃ完全に逆恨みだ」

「別にいいじゃん、ラルフ。そんなに殺し合いたいなら相手をしてやれば」

「てめえは口を閉じてろ！　くそっ、場の知能指数が下がりすぎて吐気がしてきた」

他でもない相棒への殺意を必死に抑えていると、カルディアが突如として膝から崩れ落ちた。

突発的な絶望に苛まれたのか、両手に握り込んでいた大量の釘が床にパラパラと落ちて、物悲しい旋律を奏でていく。

「……今度は何だよ？」

「……でも、私が身代わりになってやれなかったのが一番悪いんだ。何でウォルハイト様が死んで、私みたいな愚鈍な豚が生きてるの！　ふざけるなよ！　もういい、もう死んでやるっ！」

急に自殺志願者になったかと思って身構えると、一瞬後には床に散らばった釘を拾い集めて俺たちに殺意を向けてくる。

もう訳が解らない。

銀使いの異常性というものには様々な種類があるが、ここまで情緒不安定な化け物には今まで会ったことがない。

とにかく、まともに相手をしているだけ時間の無駄だ。

イカレ女の見張りはリザに任せることにした。殺し合いに発展しないようにと念を押して、俺はPCを操作するボルガノの方に向かう。

「ちゃんと全額払えよ」

液晶画面を見る限り入金手続きは問題なく進行しているようだが、電子空間だけで完結するやり取りにはどうも現実味がない。現金の入ったアタッシュケースを持ち運ぶわけにはいかないので仕方ないが、どうしても不安は募る。

「なあ、後ろで殺し合いが始まりそうな状況でどうして金の心配をしてられる？」

「意外と心配性だな。あいつらは大丈夫だよ」

一瞬だけ振り向いて状況を確認する。リザの方は殺り合う気満々といった感じだが、対するカルディアはまた床に座り込んで涙を流していた。感情が一秒ごとに切り替わる化け物には油断など一切できないが、あの様子ならしばらく戦闘が始まることはないだろう。

むしろ今考えるべきなのは、これまでの戦闘で随分と減った武器や弾薬の補充についてだ。この六〇〇万エルをどう使うべきか。

俺の能力は自分の金で買った道具を自由自在に出し入れするというものだが、売買契約が成立する前に、正当な理由もなく相手から金を受け取っていた場合は発動できない。

ここでボルガノから武器を買うことが条件に該当するのかどうかは解らないが、金を無駄にしないためにも今は避けておいた方が無難だろう。

「じゃあ早速、アントニオの元に案内してくれ」

「居場所を教えるだけで勘弁してくれ。これ以上、化け物どものお守りをしてられるか」

毅然とした口調だが、本心は自分の失態をボスに知られたくないからというだけだろう。

過激派幹部としての矜持を見せるためロベルタ・ファミリーの殲滅に躍起になっていたくせに、部下の銀使いに見捨てられて受け持ちの違法農園を壊滅させられてしまったのだ。おまけに得体の知れない賞金稼ぎに六〇〇万エルもの大金をぼったくられたとあっては、事態が落ち着けば処分は免れないことは明確。降格ならまだいい方で、深海へと片道切符の旅に出されてもおかしくはない。

「ついでに、そこの化け物も連れて行ってくれ」

全てを見透かされていてもなお、ボルガノは偉そうな口調で命令してきた。少しくらいは哀れな男の顔を立ててやってもよかったが、隣に並んできたリザは極悪人の笑顔でナイフをチラつかせている。

小さく溜め息を吐きつつ、俺は有無を言わせぬ口調で言った。

「それは追加の依頼だな？　今回だけは特別だ、三〇万エルで引き受けてやる」

全てを失った中年男には、断る理由も、その権利もありはしなかった。

殺意満点の舌打ちを残して、ボルガノはまたＰＣへと向かう。

辛うじて聞き取れない程度のうわ言を呟きながら歩くカルディアを先頭に、俺たちは地下通路を進んでいく。あまりにも頼りない足取りに苛立ちが募るが、フィルミナードの巣の内部で流血沙汰を起こすほど俺もリザも間抜けではない。

「ところでさ、ラルフ」リザが欠伸を噛み殺しながら訊いてきた。「どうすんの？　もしアントニオが〈イレッダの深淵〉何か知らないとか言い出したら」

それは考えたくもない仮定だった。

「そりゃもう……今度こそお手上げだよ」

「じゃあさ、どう責任取るつもりで考えてる？」

「は？」

「だから、どうやって私に誠意を見せるつもりなのかって話」

「ちょっと待て、これは俺たち二人で決めたことだよな？　どういう論理展開で、俺がお前に謝らなきゃいけないことになってんだ？」

「二人のミスはあんたの責任、私のミスもあんたの責任。私だって心苦しいけどさ、組んだ当初にそう決めたじゃん」

「スナック感覚で記憶を捏造するな」

「で、どの部位にする？」

「身体を切り落とせと？　中世の独裁国家でももっと良心的な法律になってるぞ」

人の苦しむ姿を見ていたいだけの変態との会話に興じていられるほど、俺も万全の状態ではなかった。まだ塞がっていない傷は鎮痛剤を飛び越えて新鮮な苦痛を提供してくれているし、ここ数日は食事も睡眠もロクにできていない。

まだアントニオがいる施設とやらに着く気配もないので、別の話題を探すことにした。

「そういえば……ラーズに斬られてから、何か味覚が鈍くなってる気がするんだよな」

「あ、丁度いいじゃん。切り落とすのは舌で決定？」

「もうその話はしてねえんだよ、想像を絶するアホだな。……なあリザ。これが死の予兆じゃないなら、もしかして奴の能力が関係してるのか？」

「……私も、二年前から聴覚を奪われてる」

「は？」それは初耳だった。「どういうことだよ」

「今あんたの不快な声が聴こえてるのは、銀の弾丸の能力のおかげってこと。多分だけど、ラーズの能力は自分が攻撃した相手の五感を奪うってものだよ」

「……聴覚はともかく、味覚なんて奪って何になるんだ？　俺の食欲を減退させても、ダイエットの手助けにしかなってねえぞ」

「さあ。どの感覚を奪うのかは自分では選べないんじゃない？」

「何だそれ。ハズレ能力だな」

「能力なんて使わなくてもクソ強いから、あのジジイは化け物なの」

唯我独尊を貫いているリザですら、素直に認めるしかないようだ。

ラーズの実力から言って、会敵した相手のほとんどは抵抗する間もなく首を斬り落とされてしまうはずだ。奴と戦っても死んでおらず、能力の被害を受けることができた俺たちは、不本意ではあるが幸運と呼べるのかもしれない。

考えている内に、不安が胃の底に溜まっていくのを感じた。

俺たちはシエナを取り戻すために、またあの化け物と戦わなければならない。

しかも今度は、盤面から退場させるという消極策は通用しない。真正面から殺意をぶつけ合い、完璧な勝利を掴(つか)み取(と)らなければならない。

それに、単純な格闘能力だけで俺たちを圧倒してしまうラーズには、能力を分析して弱点を突くという常套(じょうとう)手段も通用しないのだ。

それでもリザの紅(あか)い瞳には、明確に意志の灯(ひ)が宿っているように見えた。それが虚栄に見えないのは、俺にとって心強いことでもある。

「てかさ、まだ気付いてないの？」

「何に？」

「ジャケットのポケットの中。さっきから紙みたいなものが入ってる音がするじゃん。違法農園に行く前にはなかったでしょ、それ」

リザははっきりとした口調で言うが、俺には全く心当たりがない。言われた通りにポケットの中をまさぐると、厚手の白い高級紙でできた封筒が出てきた。

「何それ、あんたが無意識で書いた遺書？」

「あり得るな」

内心で冷や汗をかきながらも、何とか曖昧に笑ってみせた。

これは間違いなくハイルが仕込んだものだろう。違法農園で見えない敵とぶつかった記憶が呼び起こされる。恐らくあの銀(シロガネ)使いは、その際にポケットの中へと手紙を滑り込ませたのだ。

頭の中で鳴り響く警報。

この手紙を見てはならない。

それだけは、はっきりと理解できる。

何も気付かないフリをしながら封を切ると、中から三枚の写真が出てきた。

一枚目は、何らかの数値が羅列された表を接写したものだった。「品目」と「金額」と「在庫」という単語と、ハイル・メルヒオットの署名が目に入る。

写っているのは何かの帳簿だろうか？　蛍光ペンが引かれている行があったので注視してみると、そこには三〇〇〇万エルという途方もない金額の取引記録が記されていた。

二枚目を見たとき、俺は膝から崩れ落ちそうになった。

駄目だ、落ち着け。

カルディアが前を歩いているのだ。奴がまともな精神状態ではないとはいえ、こちらの動揺を悟られてはならない。こんな場面で、弱みを曝け出してしまってはならない。

「どうしたの？」

特に興味もなさそうに訊いてくるリザに、どんな答えを返せばいいか解らなかった。

長方形の紙の中から俺を見ている、応接机に深く座った男。血管が青く浮き出るほどに白い肌と、爬虫類のように温度のない瞳、半月状の嫌らしい笑み。

記憶から抹消させようと何度試みても駄目だった哄笑が、幻聴となって蘇る。

この男は。

一度として忘れることができなかったこの外道は、俺の昔の恋人を、シャルロッテ・グリースリーを……。

「ねえ、ラルフ？」

一枚目の帳簿とこの男は、何らかの形で結びついているのではないか？

三〇〇〇万エルという額は、銀の弾丸の末端価格に合致するのではないか？

解答はほとんど見えているのに、それを認めることを脳が拒んでいた。

「無視してんじゃねえよ。本当にどうした？」

三枚目、そう三枚目だ。

悪い想像を否定してくれる根拠が欲しい。

誰かに肩を叩いて「冗談だよ」と言って欲しい。

俺は縋るような気持ちで写真を睨みつける。

そこには、一つの死体が写っていた。

冷たい雨に晒されて変色した、若い女の死体。

大きく見開かれた目は赤く染まっており、絶叫したままの形となった口からは汚物が溢れ出している。

——これ以上写真を見てはならない。

衣服は乱れ、歪んだ欲望によって蹂躙された全身は痣だらけになっている。その惨状は、これまでの人生で彼女が感じてきたであろう幸福も、安らぎも希望も愛情も、全てが虚構でしかなかったことを証明している。

——駄目だ、今すぐ破り捨てろ。

こんな死に方をした女が、絶望と苦痛の中で泣き叫んでいた女が、過剰投与された薬物によって意識すらも犯された女が、已の生を最後に肯定できたはずがない。

——やめろ、もう壊れてしまう。

絶望の記憶と寸分違わぬ姿で、かつて愛していた女——シャルロッテ・グリースリーが、写真の中に囚われていた。

隅の方に、ピンク色のペンで書かれたメッセージが添えられている。

『ワオ！　僕らは運命で結ばれている』

感情による制止を振り切って、俺の脳は全てを理解してしまった。

◆

「そういえば、シエナさん。シャルロッテ・グリースリーという女性をご存じですか？」

笑顔に見える表情でそう言ったハイルを、シエナは訝しげに睨みつける。聞いたことのない名前だった。

少なくとも、地元にいた頃の友人にはいないはずだ。少女娼婦になってからは心を薄い膜の内側に閉じ込めていたので、同僚の名前など一人も覚えていない。

怪訝な表情を読み取ったのか、ハイルは楽しそうに答えを明かし始めた。

「いや、別に大した話じゃないんですよ？　シエナさん、あなたをここに連れてきてから、少し気になってラルフさんやリザさんの過去を調べてみたんです。……シャルロッテさんは、ラルフさんの元恋人らしいですね」

シエナは、自分の鼓膜を素通りしてくる言葉に不穏な気配を感じた。

これ以上聞いてはならないとは解っている。しかし両手を金属板で拘束されていては、耳を塞ぐことすらも叶わない。

「何でも彼女は、ある犯罪組織の構成員たちにレイプされた上、違法薬物の過剰摂取によって亡くなってしまったらしいじゃないですか。非道い話です」

かつて、オルテガから逃げるために飛び乗った警察車両の中で、ラルフが話してくれた過去。あのときの光景が、夜の街を行き交う車の音が、鮮明に蘇ってくる。

目の前では恋人が薬漬けにされて犯されている。鼻の先に転がっている銀の弾丸を心臓に埋め込まなければ、恋人はこのまま無惨に殺されてしまう。

それは、あまりにも絶望的な二択だった。

結局ラルフは、自らが拒絶反応で死ぬリスクを取ってでも恋人を救う道を選んだ。

彼の内側で、どんな葛藤が繰り広げられたのか。それを理解することは容易ではない。自らが化け物に変わってしまったときの恐怖も、過剰摂取で息を引き取った恋人を見下ろす絶望もまた、想像することは憚られた。

問題は、何故ハイルがそのことを知っているのかだ。

ラルフがひた隠しにしていた致命傷を、この男はどうやって知ったのだろう。

「ラルフさんについて調べていくうちに、彼の心臓に埋まっている銀の弾丸が〈ハルーファス〉というものだという情報に行き当たりました。それでピンと来たんですよ」

ハイルの、全てを見透かすような檸檬色の瞳が、こちらをじっと見つめている。

「ああ、それは僕が、いくつかの弱小組織に売り渡していた銀の弾丸の一つだって。実はですね、ラルフさんの恋人を殺した弱小組織──名前は何でしたっけ。まあどうでもいいんですが、とにかく彼らに銀の弾丸を売って、適当な人間を見つけて銀使いにするようにお願いしていたのは僕らしいんですよよ」

自我が現実から剥離していくのを感じた。

自分は今、どんな表情でこれを聞いているのだろう。

「当時は今より二歳くらい若かったですし、まあちょっとした遊びです」

「あそ、び……?」

「ええ。組織に存在を報告していない銀の弾丸がいくつかあったんで、それをチンピラの皆さんにバラ撒いたらどんな喜劇が始まるのか試してみたくなって。まあ途中で飽きて事件後の経過までは追ってなかったんですが、まさかその被害者のラルフさんとこんな形で会うことになるとは思いませんでした。まあこれも、ついさっき知ったばかりなんですが……」

「……ふざけるなっ!」

シエナは怒りに任せて立ち上がり、檻の向こうで穏やかに笑うハイルへと突進する。拘束された腕の重さで体勢を崩して転んでも、そのまま這って進んだ。

怨嗟が喉の奥から大量に込み上げてくるが、うまく処理することができない。口から漏れていく不明瞭な呻きでは不充分だった。この男を糾弾できる言葉を、断罪できる言葉を、地獄に堕とすことができる言葉を、シエナは必死に探した。

「そんなに怒らなくても。どうせ、あと少しすれば皆死んじゃうんですから」

「……このことを、ラルフは」

「ああ、僕の部下の一人に手紙を運ばせてるのでご心配なく。運良く彼と接触することができればの話ですけどね」

「……地獄に堕ちろ、この悪魔っ!」

「はは、悪魔だなんて。あなたがそれを言いますか?」

楽しみが一つ増えて良かったです、とだけ言い残して、ハイルたちは暗がりの中へと歩いていった。

シエナにはもはや、この先自分がどうなるのかを考える余裕すらなかった。

行き場のない殺意と絶望だけが、薄暗い檻の中を埋め尽くしていく。

11

Helter Skelter

MAD BULLET UNDERGROUND

掌で写真を握り潰し、俺は立ち尽くしていた。そんな場合ではないと気付いて足を前に進めるが、歩いている実感はまるでない。現実味を失った世界で、俺だけが宙に浮いている感覚。動揺している、と冷静に分析してみたところで状況は少しも変わらなかった。

シャルロッテを——かつて愛していた女を殺した男たちと、ハイル・メルヒオットが取引をしていたのだ。そして何より、奴はシャルロッテの死体を写真に収めている。

ハイルという男の残虐性を踏まえると、背景は容易に想像がつく。

奴は弱小組織に銀の弾丸を売り渡すことで巻き起こる、救いのない悲劇を楽しんでいた。

シャルロッテは、ハイルの趣味の一環で殺されたのだ。

「ラルフ、もうすぐ着きそうだけど？」

「……ああ、解ってる」

不安になる足取りながら、先導するカルディアはちゃんと目的地に辿り着くことができたようだ。地下通路の終点に取り付けられているエレベーターの前で立ち止まり、操作盤にカードを翳していた。

「何か汗とか凄いけど、どうしたんだよ」

「空調が効いてねえから暑いだけだよ。もう大丈夫だ」

どうにか答えて、大口を開けたエレベーターの中に乗り込んでいく。上昇していく箱の中で、俺は深く息を吐く。

これで、目的がもう一つできた。

そう考えることにすれば、何とか自我を保っていられる。

シエナを連れ去り、くだらない計画とやらのための犠牲にしようとしている男。

シャルロッテの死に関与し、成れの果ての街に悲劇を振り撒き続けている男。

ハイル・メルヒオットという悪魔は、俺がこの手で殺さなければならないのだ。

足元から湧き上がって俺を呑み込もうとする憎悪を宥めるためには、ただ殺すだけでは不充分だ。一切の容赦なく、奴の余裕の笑みを消し飛ばすほどの苦痛を与え、生まれてきたことを後悔させるほど独創的な方法で殺してあげなければならない。

シエナを傷つけた罪を贖わせるために。

シャルロッテの魂の安らぎのために。

他でもない、俺自身の怒りを鎮めるために。

自我を侵食してくる激情に必死に抗っている内に、エレベーターが停止した。

未だに何かをブツブツ言っているカルディアに先導される形で、俺たちも続いていく。もしこの女が暴走してアントニオやダレンに襲い掛かるようなことがあれば、俺とリザで止める必要があるだろう。

エレベーターから出ると、赤絨毯が敷かれた廊下と、その先に見える木製の扉が見えた。

壁や柱に描かれた模様も含めて、何処を見ても意匠性の高さが感じられる空間だ。無機質なコンクリートに覆われていただけの地下室とは、まるで雰囲気が違う。

　苛立ちを抑えながら、亡霊のように俯いて歩くカルディアに念を押す。

「ここにアントニオがいるんだな？」

　カルディアは疲れ切った表情で睨んでくるが、それ以上の意思表示はない。ひとまず肯定と受け取って扉を開ける。

　部屋の中は、街中にある落ち着いたカフェのような造りをしていた。ちょっとした宴会なら開けそうなほどの広さはある室内に、センスのいいテーブルや椅子が整然と並べられている。テーブルクロスに埃が被っているところを見ると、まともに営業している店というわけではないのだろう。

「あんなに回りくどいルートだったのにさ、普通に窓とかあるじゃん」

　リザが吐き捨てた通り、壁面には嵌め殺しの大きな窓がいくつかあり、その先には戦火に包まれる大通りが見えた。

「見ろよ、入り口らしきものは何処にもない。地下通路を通ってこなきゃ入れない仕様なんだ」

　俺は窓の方を指差して続ける。

「窓も恐らく防弾仕様だ。もしかすると、外からは内部が見えない造りになってるかもな」

　地下の奥深くに重要施設を設置した場合、襲撃を受けた際に逃走という選択肢を取ることができなくなる。いくら厳重な警備や屈強な護衛どもに守られていても、銀使いという常識を超越した存在には不充分な場合があるのだ。そういった面も考慮した結果、この部屋が設計されたということだろう。

規則的に並んだテーブルや椅子の群の向こうに、もう一つの扉が見えた。

「あの奥で何人かが話してる」リザが呟いた。「アントニオもいるんじゃない？」

その辺の椅子に膝を抱えて座り込んでしまったカルディアを無視して、リザと二人で扉へと歩いていく。

真鍮製のドアノブを回して中に入ると、俺たちは幾つもの視線に迎えられた。

円卓の前で座っている二人の男と、その周囲を取り囲むように立つ計七人の護衛たち。四つに分割されたテレビ画面の中からも、壮年の男たちがそれぞれこちらを睨んでいる。

よく見ると一人は車椅子に腰を下ろしている。フィルミナード・ファミリーの三代目頭領であるアントニオ・フィルミナード本人で間違いないだろう。その横には、ボスの右腕とされている最高幹部のダレン・ベルフォイルがいた。

テレビ画面に映っている四人にしても、名前こそ出てこないものの何となく見覚えがある面々だ。一介の賞金稼ぎにすら認知されているということは、あの四人も最高幹部かそれに準ずる重要人物であることは間違いない。大方、ダレンが主導するアントニオ救済計画の信奉者たちといったところだろう。

俺は内心で舌打ちをする。最高幹部どもが大集合しているとなると、アントニオと直接話をする機会を得ることはできそうにない。

だが、まず解決しなければならない問題は別にある。

突然現れた部外者の俺たちは、明らかに誰からも歓迎されていない。

「申し訳ありません、邪魔してしまいましたか？」俺は大人しく両手を挙げる。「とりあえず、護衛の皆さんは銃を下ろしてくれますかね」

アポもなく現れた俺たちに呆れた表情で、ダレンが溜め息を吐いた。

「いや、遠隔会議は今終わったばかりだ。お前たちも、銃を下ろしてくれていい」

「早速だけど、依頼されていた仕事の件でちょっと話がある。今この部屋にいるのは全員、話を聞かれても問題ない人間か？」

「銃口が下りた途端に態度を変えたな」

「テレビの電源も切ってくれるか？」

「……まあいい、従おう。他の者は退室してくれ」

疑問と殺意で俺たちを突き刺しながら部屋から出ていく面々を無視して、俺とリザも近くにあった椅子に腰を下ろす。

とりあえず、アントニオに接触するという第一関門はクリアできたわけだ。

以前会った際は介護用ベッドの上で眠っていた病人でしかなかったが、今のアントニオからは猛獣のように凶暴な気配すら感じる。車椅子の上で点滴に繋がれていてもなお、これまで成してきた悪行の数々を想起させるには充分な威圧感があった。

「貴様らが、ダレンが飼っている賞金稼ぎどもか？」

幾星霜の重みを感じさせる低い声が、アントニオの口から放たれた。

俺は拳を強く握り締める。口の中が急速に乾いていく。

俺は今から、こちらの目的を悟られることなく、この生ける伝説から〈イレッダの深淵〉について訊き出さなければならないのだ。

円卓に足を上げようとしたリザの肩を殴りながら、俺は切り出した。

「少し前から、ダレンさんにはお世話になっています」

恭しく頭を下げてみたが、アントニオはそんな動作には何の意味もないとばかりに鼻を鳴らした。

「つまり、あの下らない計画にも関わっているということか」

慌てて振り向くと、ダレンは少しバツが悪そうな顔をして頬を掻いた。

アントニオを媒体にして悪魔を喚び出すことで、彼を死後の呪いから救う——その計画は、既に本人に知られてしまっているのだ。

詳しい経緯までは解らないが、二人の表情を統合して推測するに、ダレンの方から白状してしまったのだろう。

「……ええ、その通りです。だから次の指示を仰ごうと思いまして」俺はここで、用意していたカードを切ることにした。「あ、その前に一つ報告が」

「違法農園の一件では世話になったな」

次の言葉を予測していたとしか思えないタイミングで、アントニオが口を挟んできた。

不意を突かれた俺は、何とか体勢を立て直そうともがく。

「まあ気にしなくても大丈夫ですよ。ところで」

「〈ステージ・オブ・マーキー〉での裏切りは、特例で不問にしてやる」

アントニオがここまで詳細な情報を知っているというのは想定外。恩を売ることで会話の主導権を握るという目論見(もくろみ)はあえなく粉砕されてしまった。

見透かすような視線が、俺とリザを交互に射抜いていく。交渉術や人生経験という面において、俺程度の若造がこの男に敵(かな)うはずがなかった。

決定的な隙を突いて、ダレンが容赦のない追撃を叩(たた)き込(こ)んでくる。

「自分たちから次の指示を仰ぎにやってくるというのもいい心がけだ。正式に我々の傘下(さんか)に入りたくなったか?」

小さく舌打ちを漏らすリザを、窘(たしな)めることもできなかった。

どうにかして流れを変えなければならない。

シエナを地獄から救い出し、ハイルのクソ野郎を丁寧にブチ殺してやるために、こんなところで立ち止まっている場合ではない。

「貴様らも承知の通り、我がファミリーは窮地に立たされている」アントニオが淡々と言った。

「幹部の何人かは既に殺され、重要拠点の多くが失われた。四つもの大組織に一斉攻撃を受けて未だに組織が原形を保てているのは、ロベルタ以外の組織が最低限の戦力しか割いていないから……ただそれだけに過ぎない」

改めて、今が異常事態であることを実感する。

逆にそうした背景がなければ、フィルミナードといえども一瞬で壊滅に追いやられていたのかもしれない。

「率直に言って、圧倒的な人手不足だ。得体の知れない貴様らの手も借りたいほどにな」

続く言葉は何となく予測できた。

このままでは俺たちは、フィルミナードが管理する重要拠点の防衛に回されてしまうだろう。それで目的から遠ざかってしまうなど、あまりにも間抜けすぎる結末だ。

シエナがハイルに奪われてしまったことを、ダレンに伝えてしまうべきか？

組織力を駆使して奴の居場所を探してもらい、俺たちも実行部隊に加えてもらうべきか？

駄目だ、全ては隠密に行わなければ意味がない。馬鹿げた発想はすぐに否定。

フィルミナードの手を借りてシエナを奪還できたとしても、それでは以前と何も変わらない。

シエナは地下室に連れ戻され、いつ来るかも解らない終わりの刻を待ち続けるだけの囚人に逆戻りだ。

足りない頭を全力で回して活路を探していると、遠くの方で微(かす)かに電子音が聴こえた。

――停止したエレベーターから出てきた何者かが、ゆっくりと近付いてくる。

円卓の周囲の空気が凍り付いていく。

扉を隔てた向こうから、護衛どものざわめきが聞こえてきた。

「様子を見てこい、化け物ども」

「はあ？　誰に命令して……」

いつものバカを発症させたリザの襟首を摑(つか)み、強引に出口へと連れていく。活路を見出(みいだ)せない状況では、老いぼれどもの指示に従う他に術はない。

エレベーターから出てきた人物には見覚えがあった。

誠実な印象を与えるという意図が丸見えの紺色のスーツと、若手実業家風に短く整えられた黒髪。いかにも思慮深そうに見える深い眼差(まなざ)しに、口許(くちもと)に浮かびあがった微笑。

フィルミナード・ファミリー最高戦力の一人にも数えられる超級の銀(シロガネ)使い――ウェズリー・ウォルハイトが、革靴の音を鳴らしながら歩み寄ってきた。

俺は後ろに回した左手に、自動式拳銃(バラックM三一)を召喚する。

胡散臭(うさんくさ)い営業スマイルに惑わされるな。違和感はいくつもあるはずだ。

何故(なぜ)こいつは未(いま)だに生きている？

報告と違う。全く辻褄が合っていない。

「え……もしかして、ウォルハイト様……?」

場違いなほどに弱々しい声が、張り詰めた空気を弛緩させる。

さっきまで自殺志願者の表情をしていたカルディアが、弾けるような笑みとともにウェズリーに抱き着いた。

「やった、本当に生きてて くれた……! 私を心配させないように顔を見せに来てくれたんですね! ありがとうございますっ! ウォルハイト様がいなかったら私……組織のくだらない連中を皆殺しにしちゃってたかもしれません……。だってこいつら、ウォルハイト様が死んじゃったなんて嘘を平気で吐くんだもん。あ、私はずっと信じてましたよ!」

「解った、解ったから。カルディア、両足に抱きつかれてたら俺も歩けないよ」

「ああ……、ウォルハイト様が喋った……! 待って、もう一度お願いします! 録音させてくださいっ! これから毎朝、あなたの声で目覚めたいんです!」

化け物どもによるおぞましい光景に、唾を吐き棄ててしまいたくなる。実際に唇を尖らせるところまでは行ったが、寸前でここが室内であることを思い出した。

思考をどうにか正常化させて、俺はストーカー女に両足を拘束されたままのウェズリーに問い掛ける。

「ジェーンから聞いた話じゃ、あんたは五大組織会談で殺されたはずだ」

「豚が気安くウォルハイト様に話しかけるな！」

「……どうする、ウォルハイト様？　このままじゃ一生会話が成立しねえけど」

殺意を抑えることができた自分の寛容さを内心で褒めちぎっていると、頷いたウェズリーがストーカー女の頭を軽く撫でた。

恍惚の表情を通り越して別世界に飛んでしまったカルディアが、両足から手を離してその場に崩れ落ちる。ストーカー女はそのまま部屋の隅の壁まで這っていき、膝を抱えて座り込んでしまった。異常者の思考を強引に推理すると、好きな相手に触わられた喜びを静かに噛みしめているというところだろうか。

ようやく自由になったウェズリーが、アントニオとダレンが待つ奥の部屋へと歩き始めたので、俺たちも慌てて後に続く。

「ねえ」リザが明らかな嘲弄の言葉を投げる。「どうやってそこのバカを調教したの？」

「こちらにそんなつもりはないよ。解るだろ、リザ？」

何処までも冷静な男は、リザの挑発を軽く受け流してみせた。あんなに殺気立っていた護衛どもも、今ではウェズリーの後ろ姿を信頼の眼差しで見つめている。

心を喪った銀使いとしては有り得ないほどに、ウェズリーは処世術に長けている。

もし俺がフィルミナードの構成員で、今のような窮地に立たされているとしたら、この男の帰還ほど心強いことはないだろう。そこは素直に認めなければならない。

「ただいま戻りました」まるで自分が化け物ではないかのように、ウェズリーは主君に頭を下げる。「なかなか合流できず申し訳ありません」

ややこしい状況になってきた。

ただでさえ隙がないアントニオに苦慮していたというのに、この銀使いが登場したせいで流れが完全に堰き止められた。これでは〈イレッダの深淵〉について質問することはおろか、俺たちの身にどんな不幸が降り注いでくるかも解らない。

「首を」ダレンは僅かに困惑した表情で部下に目を向けた。「首を、ラーズに斬り落とされていたように見えたが……」

ウェズリーの首筋には、確かに赤黒い痕が見えた。シャツにも所々血が飛び散っているのを見ると、壮絶な戦闘を潜り抜けてきたことは間違いない。ただ、致命傷を負っているようには全く見えなかった。

ウェズリーは一瞬だけ俺たちに目線を投げた後、近くにあった椅子を引き寄せてゆっくりと腰を下ろした。

「ダレンさん、私の能力は充分知っているでしょう？　確かに危なかったですが、あの状況からでも生き延びることは不可能じゃない」

俺とリザも手近な椅子を見つける。突然アントニオに処刑宣告をされる事態を警戒して、二手に分かれてウェズリーを挟むことにした。もちろん、俺とリザの両方からカルディアの姿も視認できるよう、扉は開けておくことにした。

「初撃を躱すことができたとしても、……どうやって逃げ切った？」

「……屈辱でしたよ。ダレンさん、あなたの右腕である私が、一瞬とはいえ敵前で死体の真似をしなければならないとは」

肩を竦める銀使いを、ダレンとアントニオはただ静かに見つめていた。熟練のギャング・スターどもが、今どんな感情でテーブルについているのかは俺には読み取ることができない。

ダレンたちから何も指摘がないということは、この男が短剣で首を斬られた程度では死なない化け物であるのは間違いないのかもしれない。

とはいえ、これまでの情報だけではウェズリーの能力の全貌など全く解らない。

「首が繋がったままここにいるのなら、過程はどうでもいい」沈黙を破ったのはアントニオだった。「では、これから先の話をしよう」

すぐに表情を切り替えたダレンが、ウェズリーと俺たちに硬質の視線を投げる。

「言うまでもないことだが、人的被害・経済的損失ともにフィルミナード・ファミリーの創設以来最悪の事態だ。最高幹部のうち二人と連絡が取れなくなっているのも問題だが、真に厄介なのはそこじゃない」

「それ以上に悪いことが？」

「……たった一日の内に、所属の銀使いが一五名も死亡している。現時点では確認できていないだけで、実際の被害はもっと甚大だろう」

背筋を寒くしていると、隣に座るウェズリーが冷静に呟いた。

「なるほど、銀使いを中心に狙っているとしか思えませんね。我々の拠点を襲うのが目的であれば、普通は化け物との戦いは避けるはずだ」

「その通りだ。連中は何らかの目的のために銀使いを殺して回っている。ハイルが他の組織を抱き込んだ際に、そういう契約を交わしていたんだろう。……フィルミナードを潰すことは、奴にとって最優先事項ではないということだ」

「……悪魔の召喚条件を満たすため、というところでしょう」

ウェズリーが結論を口にした途端、胃の底から不快感が込み上げてくるのを感じた。

銀使い同士を殺し合わせ、銀の弾丸の悪魔に魂を喰わせることで、シエナが持つ特殊能力を覚醒させる。これはかつて、オルテガがやっていたのと同じ手法だ。

確か、違法農園で戦ったモニカも殺害数について言及していた。

薄々気付いてはいたことだが、ハイルの最終目的は悪魔をこちらの世界に呼び寄せることで間違いないだろう。

空気が沈黙に沈む前に、ダレンが鋭い言葉を叩きつけた。

「それに、シエナ・フェリエールの身柄が奪われたという問題もある」

何処から仕入れたのか解らないが、その程度の情報は既に入手しているわけか。

ひとまず驚いた演技を見せようとしたが、ダレンの視線が俺を牽制した。

俺たちがフィルミナードを裏切ろうとしたことがきっかけでシエナが奪われたとまで知っているわけではないだろう。それでも、シエナの現状を俺たちがまだ知らないというのは流石に不自然すぎるか。

とはいえ、とダレンは声色を変えて続けた。

「襲撃に加担している三つの組織は、既にノルマを達成したのだろう。徐々に拠点攻撃から引き揚げ始めている。ロベルタの構成員どもは別だが……」

「彼らはもう報酬を受け取っていますからね」ウェズリーが溜め息を吐いた。「ロベルタ・ファミリーが握る権益をたっぷり手に入れることができたのに、もうこれ以上余計なリスクは犯したくないのでしょう」

「つまり、襲撃への対応は今の戦力でも充分だな」病人とは思えないほどに迫力の籠った声で、アントニオが結論を引き継いだ。「ハイル・メルヒオットを探し出し、徹底的に叩き潰すなら今しかない」

室内に緊張が走る。隣に座るウェズリーも表情を引き締めた。

これは車椅子に座る老人の言葉ではない。

遙か昔から敵対者どもを容赦なく殲滅し続け、死屍累々を背後に築き上げてきた死神の宣言なのだ。

昂ぶる感情に水を差さないよう、ウェズリーが静かに手を挙げた。

「一つ問題が。ロベルタの構成員たちは、敵の銀使いの能力によって口止めされています。これでは……彼らを尋問したところで、ハイルの居場所は訊き出せない」

哀れな構成員たちの口から溢れ出てくる白い蛇が、脳裏で鮮明に蘇る。モニカ・モズライトという銀使いの能力によって改造された蛇どもは構成員の体内に寄生し、余計なことを口走る前に膨れ上がって内臓を破裂させるのだ。

ウェズリーの言う通り、拷問や買収といったギャングの正攻法でハイルに近付くことは不可能だ。

それでも、アントニオの口許には凶悪な笑みが浮かんでいた。

「それについてはもう手を打ってある。抜かりないな、ダレン？」

「はい。指示通りに進行させています」

アントニオの策がどんなものなのか、俺には窺い知ることができない。

ただ、これでもう一つの選択肢が浮上したことは確かだ。

もしフィルミナードがハイルの居場所を探し出すことができたら、〈イレッダの深淵〉などというヒントを手繰っていく必要もなくなるのではないか？

奴らがハイルを襲撃する際の混乱に乗じて、シエナを助け出すことができるのではないか？

想定すべき懸念事項を脳内で列挙していると、連続する乾いた音が耳に飛び込んできた。

誰かが、己の掌と掌を何度も打ち合わせる音。

出処を探ると、ウェズリーが相変わらずの営業スマイルで拍手を続けていた。

「流石の対応力です、アントニオさん。拠点防衛に戦力の大部分を割きながら、裏では敵を寝返らせるための交渉を進めているとは」

表情を少しも崩さずに、ウェズリーは立ち上がった。

「でも、ハッキリ言って無駄ですよ。あなたがダレンさんに変身した薔薇の女王を差し向けようとしている〈レシア&ステイシー社〉は、ハイルの居場所を把握してはいない。他の二つの組織も同じです。……そして何より、彼らは交渉には決して応じないでしょう」

最初、俺にはこいつが何を言っているのか解らなかった。

慌ててリザを見るが、相棒も困惑の表情を浮かべて事態を見守っているだけだ。

「…………何故、それを知っている？　ガキ」

アントニオが低い声で唸った。

ウェズリーはテーブルの隅に置かれていたティーポットとカップを手に取り、紅茶をゆっくりと注ぎ始める。

微かに立ち昇る湯気が、男の思惑を巧妙に隠している。

「――娼婦の子として生きてきました」

言葉の終着点は霞の向こうに隠れたまま、片鱗すらも見えはしない。

やけに歪曲(わいきょく)した台詞(せりふ)だけが、会議室に落とされていく。

「それも、大組織が囲っているような高級娼婦(しょうふ)じゃない。一回八〇〇〇エルの安い客を路上で探し、たった一割の取り分を受け取って家に帰るような最下層の存在だ。彼女は間違いなく、世界にとって価値のない存在でした。……だから私は、フィルミナード・ファミリーに入ってから、自らの価値を高めるために万事を尽くしたのです。指示された仕事は確実に実行したし、命じられるままに〈銀の弾丸〉の適合手術も受けた。気付いたときには、組織内における私の価値は揺るぎないものになっていました」

「ギャング・スターの自分語りか？　お前らしくもない」ダレンが口を挟んだ。「そもそも、この話の意図は何だ？」

ウェズリーは上司(ダレン)に一瞬だけ目線を向けた後、要領を得ない独白に戻っていった。

「私は、そこに途方もない美しさを感じるんですよ。古い慣習を必死に守る年寄りも、利権を守るために談合する五大組織もくだらない。価値のない者は世界から淘汰(とうた)され、別の誰かの価値に変換されていく——そんな、ただ一つのシンプルな真理こそを私は愛しているのです。私がフィルミナードに所属していたのは、そんな真理の使者でいたかったからに過ぎない。巨大組織の戦力として、価値のない連中を次々に世界から間引いていく。そうしている間だけ、私は世界に存在を許される……」

価値のないものは世界から淘汰(とうた)され、別の誰かの価値に変換されていく。

それはこの人工島に蔓延する真理だった。実の母親を世界から弾き落としたそれを、この男は愛すと言ったのだ。

つまり、これが奴の『異常性』ということだ。

倫理観を脱ぎ捨て、己の執着にのみ従って生きる、銀使いとしての欠落がここにある。

もはや、薄ら寒い営業スマイルを浮かべていた頃のウェズリーは何処にもいない。口調まで別人に変わっている。これまで俺たちに見せていた表情の全てが、無機質な仮面の上に塗りたくった虚構でしかなかったのだ。

イレッダ地区という地獄の底で、訳の解らない真理とやらを調停する者。

感情もなく、ただ一つの機能として、ウェズリー・ウォルハイトは世界に存在していた。

少しも変化することのない微笑と、平淡な口調で語られる無茶苦茶な論理が、俺たちを氷漬けにしていく。

「……何故あなたたちの作戦を知っているのか、という質問でしたね。……五大組織会談からあなたたちが逃げ延びた後、私は他の組織の代表者たちに提案しました。無償で、アントニオ・フィルミナードの首を取ってきて差し上げると。それが同盟を組む条件になりました」

「俺が外で動いていることも……お前に伝わっているというわけか」

「ええ。その情報を受け取った時、本物のダレンさんは隠し部屋にいると彼らに助言しました。薔薇の女王はこれから、敵の懐で変装を暴かれてしまうことになるでしょう」

「………何故だ。何故お前は」

「若造一人にここまで追い込まれてしまった時点で、フィルミナード・ファミリーはもはや価値を失いました。こうなってはもう仕方ないのですよ。心苦しいですが……真理の使者である私が、責任を持って世界から間引かなければいけません」

多額の報酬を受け取ったとか、ハイル・メルヒオットの野望に心酔したとか、そういう理由の方がまだ納得できた。

世界の真理とやらを守る。

そんな、何一つ共感できない、何処までも狂いきった理由で、ウェズリーはフィルミナード・ファミリーを裏切った。

そして今、ボスとその右腕を殺して組織を壊滅に導こうとしているのだ。

これまで銀使いどもの異常性には飽きるほど触れてきたが、この男の場合は毛色が全く違う。これでは化け物というより、意味不明な法則に従うだけの、人格を持たない何かだ。

ウェズリーは寸分の狂いもない微笑を張り付けたまま、紅茶の入ったティーカップを虚空に放り投げた。

「これでまた、世界は真理に近付ける。価値のないものが世界から淘汰され、別の誰かの価値に変換されるのです」

橙赤色の閃光が迸る。

それは空中で破裂した紅茶の飛沫(ひまつ)だった。液体が得体の知れない力によって変形し、無数の針に変化して俺たちに向かってくる。

「伏せろっ！」

リザに警告を飛ばしつつ、俺はライオットシールドを召喚した。

合金盾に横殴りの豪雨が襲いかかってくる。もし今防御を選択していなければ、今頃全身穴だらけになっていたのは間違いない威力だった。無数の穴が開いた間仕切り(まじき)の向こうからも、護衛の構成員どもの絶叫が聴こえる。

一瞬で、これだけの人数を同時に攻撃するほどの技量。それは間違いなくダレンの右腕と呼ばれるに相応(ふさわ)しいもので、要するにとてつもなく厄介な相手だった。

「……不意を突いたつもりでしたが、流石(さすが)ですね」

賛辞は俺とリザではなく、部屋の奥へと向けられていた。

アントニオとダレンの前方――何もない空中で、橙赤色(とうせきしょく)の針の群が停止している。

重力によって落下することも、風圧に煽(あお)られて揺らめくこともなく、まるで時間でも止まったかのように空中に留(とど)められている。

アントニオ・フィルミナードが銀(シロガネ)使いであることは聞いていたが、ここまで無茶苦茶な現象を起こせるとまでは知らなかった。もし俺が推測する通りの能力だとしたら、この男はまさに無敵だ。

物理法則を無惨に歪めてみせた老人は、青い瞳に明確な殺意を宿らせた。

「敷地内での暴力の行使、そして仲間殺し……。重大な規定違反だ。自分がこれからどうなるか解っていての狼藉だろうな？」

「もちろんですよ。ただ、残念ながら……あなたはもう衰えた」

アントニオの表情に苦悶が染み出してくる。

混乱する頭で何とか状況を確認する。地面を這う赤い大蛇のようなものが、アントニオの全身に巻き付こうとしていた。

尻尾にあたる部分は幾つかに枝分かれし、先程の攻撃で絶命した護衛どもの身体に接続されている。大蛇の全身が波打っているのは、死体から血液を吸い取っているからに違いない。

いや、あの大蛇自体が護衛どもの血液でできているのだ。

「あなたの能力は確かに強力で、この人工島に敵う者はいないでしょう。ですが、肝心の本人は能力を連続して使えないほどに老いぼれている。この程度の搦め手すらも防げないあなたはもう、世界にとってあまりに無価値なのです」

淡々と語るウェズリーに飛び掛かろうとした相棒を、俺は手で制した。

リザもこちらの意図を察してくれたようだ。ウェズリーに得物の照準を合わせたまま、俺たちはまだ動かない。

「若造が……やってくれる」

重大な摩耗を感じさせる嗄れ声で、アントニオが唸った。

血液で構成された大蛇は一瞬だけ完全に停止した後、ウェズリーの支配から解放されてただの液体に戻っていった。塗料缶がひっくり返ったように大量の血液を全身に浴びて、アントニオは盛大に咳き込み始める。

死病に冒された老人が能力を無理に使用したことが祟ったのか、アントニオは自らの口からも血液を流していた。奴の体調を知らない俺ですら、これ以上の能力の使用は不可能だと断言できる。

「……液体の形状と硬度を変化させて操る。それがウェズリーの能力だ」

主君に訪れた危機を焦燥とともに睨みつけながら、ダレンが呟いた。

俺は残酷な沈黙を解き、用意していた言葉を返す。

「情報共有ありがとう。それと、あんたの求心力のなさに同情するよ」

シエナに唆されて暴走したグレミーに続き、右腕のウェズリーにすら裏切られたのだ。ダレンほどの男であったとしても、化け物を完全に制御するのは難しいらしい。

「裏切りは想定はしていた。次の手も打ってある。……だから少し、時間を稼いでくれ」

「知らねえよ」

「何だと？」

「……残念だけど、俺たちにはそのおじいちゃんを助けてやる義理はない」間髪入れずに続ける。「ただまあ、条件次第では考えてやるかもな」

瀬戸際のやり取りを、ウェズリーは特に興味もなさそうな表情で眺めている。仮に俺たちが向かってきたところで、自分の優位を脅かすことは有り得ないと考えているのだろう。

「……解った、いくら欲しい？」

「金の話は後だ。俺たちがこの狂信者をブチ殺したら……」俺は深く息を吸い込んだ。「アントニオ・フィルミナードと話をさせろ。俺たちとアントニオの他には誰もいない密室で、録音や内容の詮索も禁止。この要求の意図も訊いてくるな」

ダレンは一秒も迷わなかった。

「解った。契約成立だ」

最高幹部の承諾が、俺とリザが動き出す合図だった。

闘争への歓喜に包まれた表情のリザが、逆手に握ったナイフを振り下ろす。頸動脈を引き裂いてウェズリーを出血死に至らしめようとする、極めて合理的な動き。

後ろに回避したところを俺の銃撃が仕留める作戦だったが、ウェズリーの行動はこちらの予測を裏切った。ウェズリーは何にも覆われていない右掌でナイフを受け止め、リザを蹴り飛ばしてみせたのだ。

「奴は自分の血液も操作できる！」

テーブルの陰に隠れながら、ダレンが叫んだ。最高幹部からは声だけでなく銃弾による支援もたらされているが、ウェズリーの身体を貫通することはない。鮮血の代わりに、奴の身体から金属音と火花が生じていくだけだった。

「……さすがは有名人。反則じみた能力だな」

液体の硬度と形状を操作する——言葉にしてみればあまりにも簡単だが、冷静に考えるとここまで応用の利く能力はない。

ウェズリーの手にかかればティーカップに入っていた紅茶や死体から溢れる血液が変幻自在の武器に変わり、自身への攻撃は体表面の毛細血管を硬化させることで完封できる。

まさに攻防一体の能力。

だが、付け入る隙は必ずあるはずだ。

「どうしたの、足元ガラ空きじゃん！」

懐に潜り込んでいたリザが、全身を発条のようにしならせてウェズリーの胴体を蹴り上げた。

長身が宙を舞い、背後にあった間仕切りに激突する。部屋と部屋を区切っていた薄い壁は簡単に破壊され、会議室の向こうで苦悶に呻いている構成員どもと、まだ別の世界に飛んでいるカルディアと、胸や脳天に風穴を開けた死体どもの姿が露わになった。

「身体を硬化できる相手ならもう見飽きてる」リザは口の端を吊り上げた。「あんたのそれはウェイドほど万能じゃないみたいだけど？」

相棒の言う通りだった。

毛細血管を硬化させている間、当然ながらその部位を動かすことは不可能になる。それに末端とはいえ血流をいつまでも止めているわけにはいかないだろうから、奴はせいぜい数秒程度しか攻撃を防いでいられないのだ。

これはあくまでも、不意を突かれた際に使う最終手段といったところだろう。

「さあ、次はどんな芸を見せてくれんの？　期待を裏切らないでね？」

「リザ、やめてやれよ。今のでもう手は尽きて、こいつは内心で震えてるんだ。これ以上刺激したらうっかり自殺しかねない」

技の一つを見切ったところで、俺たちとウェズリーの戦力差が埋まるわけではない。だから挑発しろ。

性根の腐った笑みを貼りつけ、泥臭く口と頭を動かして、活路を探し続けろ。

今が非常事態であることにようやく気付いたのか、部屋の隅で膝を抱えていたカルディアが立ち上がった。

ストーカー女は、熱病に冒されているような足取りでウェズリーにすり寄っていく。

「ウォルハイト様？　この状況はいったい……」

「…………」

「ああ、なるほど！　革命ですねっ！　汚らしいフィルミナードをぶっ潰して、ウォルハイト様が世界を支配するんでしょう？　ああ、ずっとおかしいって思ってたんだ。ウォルハイト様は誰かに使われるような人なんかじゃないって……。あの……私なんかでよければ好きに使ってください！　手始めに、そこのバカ二匹を殺して差し上げます！」

「もういいよ」

「遠慮しなくていいんです！　ほら、指示をくださいっ！」

「だから、もういいんだ」ウェズリーは一瞥もせずに言い放った。「君は世界に必要ない」

「…………え？」

湿った音が僅かに聴こえた瞬間、視界の端で赤い飛沫が噴き上がった。

カルディアの鎖骨の辺りに風穴が空き、動脈から大量の血液が溢れ出していく。

「……そん、な。どうして、ウォルハイト、さま……？」

「今言った通りの理由だよ」

「え、どういう……」

「他者に依存することでしか存在を証明できない君は、世界にとってあまりにも無価値だ。だから間引かなければならない。無価値な君を排除して、また別の価値に変換しなければならない。それが真理の使者である私の役目なんだ。……何度も言わせるな」

ウェズリーの人差し指からは水滴が零れ落ちている。恐らく奴はスーツの中にパックか何かを忍ばせており、そこから出てきた水を高速で射出することで不可視の攻撃を実現しているのだ。崇めていた者に裏切られた哀れな女への同情を告げる者はおらず、盤面は次の局面へと移行していく。

ウェズリーが人差し指を振ると、その動きに連動するように前方にあった丸テーブルや椅子、照明器具や構成員どもの肉体が両断されていく。

切り口は不自然なほどに綺麗だった。恐らくは防弾仕様の窓ガラスすら斬り崩されているという事実が、その切れ味の凄まじさを証明してくれている。

奴はスーツに仕込んだ水を使って、物体を切断することもできるのだ。以前、ハイルを誘拐するために向かったナイト・クラブでの光景を思い出す。

俺とリザは奴の人差し指の動きを注視し、何とか攻撃を躱していく。

直感が正しければ、盾や遮蔽物の裏に隠れても全く意味がない。

変幻自在な水の刃は恐らく、愚かにも防御できた気でいる臆病者を真横から切り裂いてしまうだろう。仮説を自らの身体で試そうとするほど、俺は自分の生命力を過信してはいなかった。

それに、この男の動機はハイル・メルヒオットの計画とは全く関係ない。俺たちを生かしたまま〈イレッダの深淵〉に招待したあの男とは違うのだ。

アントニオを殺すことだけを目的としているウェズリーには、厄介者の俺たちを殺さない理由など一つも存在しない。

時間を稼ぐ必要がある。

ダレンが言っていた次の手とやらがハッタリではないことを信じて、水の刃による猛攻を凌ぎきらなければならない。

とにかく、俺たちが次に取るべき行動は限られていた。

「こんな狭い室内じゃ、奴の能力には対応できない」

「解ってる。外に出るんでしょ？」

「ああ。強化ガラスを斬ってくれたのは好都合だったな」

幸いにも、俺たちは今ウェズリーの攻撃で崩壊した強化ガラスを背に立っている。追撃を警戒しつつ後退すれば、開けた場所に出るのはそんなに難しくはない。

問題は、奴がそのまま俺たちを追ってきてくれるのか、だ。

ウェズリーが目下掲げている目標は、アントニオ・フィルミナードの殺害。諸要素を天秤にかけた結果、俺たちを見逃してでもあの老人を仕留める方を優先するかもしれない。

それでは困る。

アントニオに〈イレッダの深淵〉について訊き出せなければ、俺たちはシエナを救い出すことができない。

「ああ、そんな風に私を見るなよ。不愉快だ」

微笑の仮面を被ったまま、ウェズリーが吐き棄てた。

「君たちのように無価値な存在が、世界に存在していること自体が気持ち悪い。何も生み出さず、犯罪組織が分け与えた残飯を貪っているだけの、醜悪なドブネズミどもめ。……一刻も早く間引かなければならない。徹底的に、一切の容赦なく、使者である私自身の手で」

「気色悪っ。何笑いながら言ってんだよ」

リザが指摘した通り、ウェズリーの表情は先ほどから少しも変わっていない。乱れることのない完璧な微笑を形作ったままだ。

これではまるで、自ら人格を放棄した自動人形だ。奴が言う通り、今のウェズリーは完全に世界の真理とやらの使者になってしまっている。

いや、恐らくそれがこの化け物の本性なのだろう。

「それ以上口を開くな。……せめて、静かに排除されろ」

薄気味悪い微笑で表情を固定したまま、ウェズリーは両手を広げた。

室内に斃れる死体どもが、一斉に痙攣を始める。全身の血液が空中に放出されていき、ウェズリーの頭上へと集まっていく。室内灯を反射して光る真珠のような形状になったそれは、瞬きするたびに体積を増していく。

気付いた時にはもう、球体は半径一メートルはあろうかという大きさにまで成長していた。

「……リザ。あれを自在に操られたら流石にちょっとヤバくないか？」

「あんたをにくか……いや、先頭にして近付けば、何とか攻撃もできる」

「肉壁？　いまてめえ、肉壁って言おうとしなかったか？」

「でも駄目か。肉壁が殺されたら、血液を奪われてあいつがさらに強化される」

「今度こそ鮮明に聞こえたぞ」

「ぎゃーぎゃー喚いてないで、いいから早く肉壁としての務めを果たせよ」

「……なあリザ、どうやったら俺の人格を認めてくれる？」

生産性皆無の言い争いを続ける時間は、これ以上与えられそうもなかった。ウェズリーが指を鳴らして合図すると、赤黒い球体の表面が激しく波打ち始めたのだ。

恐らく、大量の刃が室内を覆い尽くしてくるのだろう。

形状を自由に操作できるので、遮蔽物に隠れても無駄。室内にいて回避しきることなど不可能だし、俺たちが窓の外に逃げればアントニオたちが殺されてしまう。

状況は完全に行き詰まっている。

どう考えても、俺たちが取るべき選択はもはや逃走以外に有り得ない。シエナを救い出す可能性を放棄して、自分たちが殺されないためだけに、そんなくだらない理由のために、地面を這いつくばって逃げ延びるしかないのだ。

いや、この男の前ではそれすらも叶わないかもしれない。

引き延ばされた一瞬の中で思考を右往左往させていると、リザの叫び声が混乱を引き裂いていった。

「伏せろっ！」

俺たちの背後——崩壊した窓ガラスの奥から、雷鳴に似た轟音が響き渡った。

恐らくは重機関銃の一斉掃射だ。猛け狂う銃弾の激流を、ウェズリーは血液の球体を硬化させて防ぐしかない。

それに、襲撃者はただ重機関銃を乱射しているわけではない。弾幕が張られている方向を見ると、明らかにウェズリーをその場に釘付けにするという意図がある。

——今のうちにアントニオたちを連れて逃げろ。

銃撃から感じたメッセージに素直に従って、俺は動き出した。

「リザ！」

名前を呼んだだけで、相棒も状況を察してくれたようだ。銃撃を潜り抜けて、ダレンとアントニオが隠れる部屋の奥へと向かう。

ウェズリーは横目でこちらを見たが、攻撃してくる余裕はないらしい。それほどまでに、銃撃の密度が高すぎるのだ。

「……間に合ったみたいだな」

目が合うなり、ダレンが溜め息混じりに呟いた。

能力使用の反動で顔面蒼白になっているアントニオを担ぎ上げながら、俺は笑った。

「あんたの言う次の手が、ハッタリじゃなくて助かったよ」

「俺は意味のない嘘は吐かないよ。これでも人の上に立つ身だ」

「はっ、よかったな。一匹くらいは信頼できるペットがいて」

この場所を知っていて、かつウェズリーのような化け物に正面から立ち向かう覚悟があり、未就学児の体長ほどはある二つの機関銃を、それぞれ片手で操ることができるような超越者。そんな化け物を、俺たちは確かに知っている。

腹部の傷跡から大量の血を垂れ流しながら、グレミー・スキッドロウが窓の外に立っていた。

「てめえら邪魔だから、さっさと消えろ！」

窓の外から聴こえた怒鳴り声に従い、俺たちは身を屈めて部屋を突っ切っていく。ウェズリーには防御を薄くするリスクを背負ってまで追ってくる気はないようで、何とかエレベーターまで辿り着くことができた。

焦燥に駆られながら操作盤を叩きつけ、大口を開けた箱の中に乗り込んでいく。

エレベーターの進みは悪夢のように遅く、逃亡者四人が永遠の中に閉じ込められているような錯覚すら覚えた。

間抜けな電子音とともに停止したエレベーターから全員が出たのを確認して、俺は箱の中に手榴弾を投げ込んだ。爆音とともに天板が吹き飛び、箱を吊り下げているロープが破断される。

たとえグレミーが殺されたとしても、これでウェズリーがエレベーターを使って地下に降りてくることはできなくなった。

「気休めにしかならないだろうけど」

「言うな。虚しくなるから」

リザの言う通り、これでは時間稼ぎにしかならない。液体を自由自在に操る能力を使えば、エレベーターを使わずにここまで降りてくることは充分に可能だろう。

つまり、立ち止まって呼吸を整えている暇などはないということだ。

「とにかく、さっさと地上まで逃げるぞ。リザ、アントニオを担いで走る役はお前でいいな？」

「は？　ふざけてんの？」

「機動力を考えればそれが一番だ。常人並みの脚力しかない俺が、このジジイを抱えて何キロも走れると思うか？」

「別にいいじゃん。追い付かれたとき、あんたとそのジジイを囮にできるし」

巨大組織のボスを本人の目の前でお荷物扱いするのは完全な不敬行為だが、繊細な配慮ができるほど心に余裕はなかった。

我慢できなくなった様子のダレンが怒号を飛ばそうとする。しかしそれを手で制したのはアントニオ本人だった。

「……俺を要介護者だと思うな、ガキども。自分で走れる」

アントニオは俺を突き飛ばし、呼吸一つ乱さずに立ち上がった。心配して駆け寄るダレンを手で制して、老人は先頭を切って歩き始める。

老人の背中からは、〈成れの果ての覇王〉として君臨し続けてきた者の威容が感じられた。生きていることが不思議なほどに死期が近い男がそんな気配を纏っていることに内心で驚愕しつつ、俺たちもそれに続く。

頼りない足取りではあるが、俺が抱えて走るよりはマシだろう。何よりこちらの両手が空いていなければ、会敵した瞬間に全てが終わってしまう。

通路を走り抜けた先にある地下施設は、致命的な静寂に包まれていた。

つい先刻までのこのフロアは完全に野戦病院となっていて、忙しなく駆け回る黒服の男どもや、床に転がされて呻く負傷者どもで賑わっていたはずだ。

だが、今この場所で息をしている者は一人としていない。

元がどんな姿だったのかも解らないほどに細かく切り刻まれた肉塊たちが、血の湖畔の上に転がっている。頭部や手足などがあちこちに散らばる無秩序な光景と、死体どものやけに綺麗な切断面が、言い様のない混沌を形成している。

あの隠し部屋に辿り着くまでの間に、ウェズリーが構成員どもを皆殺しにしたのだ。

「……やってくれる」

淡々と呟いたアントニオの表情を、その背中から窺い知ることはできない。ただ、飛沫が足にかかるのも厭わず、死体に祈りを捧げることもなく進んでいく老人からは、全てを焦がすような怒りが沸々と湧き上がっていた。

泥のような感情を心の底に押し込めて進んでいると、広い部屋の中央に奇妙な物体が見えた。

アントニオが足を止める。そのすぐ後ろを歩いていたダレンも立ち止まった。

「ボルガノ……お前も、か」

ダレンが苦々しく唾を吐き棄てた。

その視線の先には、一六等分になるよう綺麗に輪切りされた死体が転がっていた。特徴的なスキンヘッドには見覚えがある。この肉塊は、最高幹部のボルガノ・モルテーロだったものに違いない。

邪魔だったから仕方なく排除した、などでは断じてないだろう。

明らかにウェズリーは、殺戮という行為と、それに伴う尊厳の冒瀆を心から愉しんでいる。

「……アントニオさん。先に、進みましょう」

悲痛な面持ちで、ダレンが進言した。

いくら自分と敵対関係にあったとはいえ、組織の最高幹部をここまで無惨に殺されたのだ。奴が抱いている怒りは並大抵のものではないだろう。

それでもダレンは、先に進むことを提案した。

復讐という選択をしなかった。

奴にとっての最優先事項は、あくまでもアントニオを守ることなのだ。たとえアントニオ本人が名誉回復を優先したとしても、そこを譲ることはできない。ウェズリーの元へ引き返そうとする主君の腕を強く摑み、世界に繫ぎ留めようとしていた。

「あなたさえいれば、まだ組織は立て直せる。ハイルの居場所を探し出して殺し、我々の力が健在であることを証明できる。そうすれば他の五大組織との交渉のテーブルにつくことも可能です。……だから今は、生き延びることだけを考えてください」

「……ウェズリーは、あの裏切り者は必ず殺さなくてはならない。今まで、俺たちはずっとそうやってきたはずだ」

「その点についてはご心配なく」ダレンは、覚悟に満ちた声色で言った。「グレミーが……私の部下が、あの裏切り者を必ず仕留め――」

鮮烈な赤が、暗闇を引き裂いていく。

それはダレン・ベルフォイルの首元から噴き上がっていた。

慌てて首元を押さえても血の流出は止まらない。指の隙間から命が溢れていくのに従って、ダレンの顔面が蒼白く染まっていく。

俺が投げ渡した包帯を、アントニオが部下の首元に巻き付けていく。それも気休め程度の意味しか持たないだろう。早急に措置をしなければ、長くは保たないはずだ。

召喚したバラックM三一を握り締め、周囲を見渡す。

しかし、襲撃者の姿は何処にも見当たらなかった。

「……例の銀使いだ」全身が総毛立つ。「くそっ、襲撃は二段構えかよ！」

ハイルやその部下の銀使いどもを退却させるため、シエナを俺たちから奪い取るため、この銀使いは不可視の領域で暗躍していた。

姿も見えず、音も聴こえない敵の攻撃を、どうすれば防ぐことができるのだろう。

このままでは、俺たちは無抵抗のまま死を受け入れるしかない。

「何を絶望してんだよ、この貧弱野郎」

リザが両手にナイフを握って飛び出していく。

目指す先は、銃を抜いて周囲を警戒しているアントニオの後方。何一つ迷うことなく、リザは低空姿勢で疾走する。そして何一つ迷うことなく、両手を水平に振り抜いた。

「……あはっ、やっぱそこにいるじゃん」

ナイフの切っ先から滴る赤い液体。

何もない空間からも血液が零れ落ち、コンクリートの床に汚れた染みを作っていく。

「ねえ、いい加減姿を見せてよ。ブチ殺す前に顔ぐらいは見ときたいからさ」

リザの要求に応えて姿を現した襲撃者は、やたらと長い黒髪で顔のほとんどを覆い尽くしている若い男だった。

髪の隙間から覗く分厚い眼鏡や、陽の光を一度も浴びたことがなさそうなほどに蒼白い肌も含めて、陰鬱な印象を周囲に振り撒いている。それでいて肉体は鍛え抜かれており、彫刻作品として美術館に飾られていてもおかしくはないほどだった。

分厚い胸板にはシンプルな書体の文字が斜めに彫られている。『シャレド・リヴァース』という単語は、まさかとは思うが奴の名前だろうか。

顔とそれ以外を別の誰かが創ったような、極めてアンバランスな造形の生物。透明になれる能力と、自分の名前を刺青にするほどに強い自己顕示欲も完全に矛盾している。

いや、最大の特徴はそんなところではない。

——この男は、衣服の類を一切身に着けていないのだ。

下着はもちろん、靴も履いていない。それどころか武器すらも装備していない。さっきダレンの首元を切り裂いたのは、異様に長く伸びた爪による攻撃だろう。

「……ふざけんなよ、変態」

眉間に皺を寄せて吐き棄てたリザに、俺も同調する。

「姿が見えないのをいいことに、人前で裸になって興奮してんのか？」

「ぼくの〈グラシャラボラス〉は布で拘束されたり、余計なものを手に持つのが嫌いなんだ。ぼくだって好きで服を脱いでるわけじゃないよ」

「マジで見るに堪えないわ。早く殺そう。今すぐ切り刻もう」

侮蔑の籠った視線を送りながら、心の中は屈辱感で埋め尽くされていた。波に揺蕩うボートの上で、突然姿を消したシエナの最後の表情が蘇る。

こんなふざけた野郎に、俺たちは今まで何度も翻弄されてきたのだ。

俺たちから放たれる殺意を意に介さず、恐らくはシャレドという名前の襲撃者が純粋な疑問を口にした。

「……ところでさ、きみはどうしてぼくに攻撃できたのかな？」

「どうせ殺されるあんたが、それを知って何になるの？」

リザは音を操作する能力で、俺にだけ情報を届けてきた。

反響定位。

イルカや蝙蝠などが、超音波で獲物の位置を探し当てるというアレだ。姿が見えず、音も聴こえず、匂いすら知覚できなくなっているとしても、存在まで消えてなくなるわけではない。全裸の変態野郎という物体は、確かにこの地下室の中に実在する。

銀の弾丸の能力で音を司るリザだけは、超音波を使って変態野郎の位置を捕捉することができるのだ。

奴にとってリザは、まさに天敵と呼べる相手だった。

勝機が見えてきた途端、憎悪と期待が綯い交ぜになった感情が腹の底から込み上げてきた。

ハイルの側近であるこの男を取っ捕まえて拷問すれば、奴の居場所を訊き出すことができる。

シエナを奪還した後、あの薄ら笑いを銃弾で吹き飛ばすことができる。

シャルロッテの死を贖わせることができる。

「ずっと姿を消して隠れてればよかったものを……」自分でも驚くほど冷酷に言った。「お前はこれから地獄のような拷問を受ける。ハイルの居場所を吐くまで、絶対に殺してやらないから覚悟しろ」

「……危険だよ。きみたちは危険な存在だ。ハイルさんからは、フィルミナードの連中だけ殺せばいいって言われてたけど」

シャレドの姿が少しずつ風景に馴染んでいき、やがて完全に見えなくなった。

何もない空間から、男の声だけが響いてくる。

「予定変更だ。ぼくが責任を持って殺そう。計画の妨げにもなりかねないからね」

「ねえ、勝手に命令を無視していいの？」

「構わないよ。……あの人は、ぼくの行動をぜんぶ肯定してくれる」

陶酔しきった台詞を最後に、物音すらも知覚できなくなった。

能力の制約によって銃器の類は使用できないようだが、あの爪で切り裂かれれば確実に即死することは間違いない。部屋の隅で悶え苦しむだけで済んでいるダレンは、単純に運が良かっただけだ。

とにかく、リザの能力だけが頼りだ。

俺は壁を背にするように立ち、敵が迫ってくる方向を限定させる。全身を脱力させ、リザの指示を受けた瞬間に動き出せる体勢を作る。見えない敵からの攻撃に怯える心を怒鳴りつけ、左右の耳に全神経を集中させた。

「ラルフ！　左から来る！」

相棒の指示を信じて、俺は虚空(こくう)に銃口を向けた。

12

Can't Stop Addicted to The Shindig

MAD BULLET UNDERGROUND

鞭のようにしなる水流の刃を、間一髪で躱し続ける。

グレミー・スキッドロウは不可視の壁を空中に発生させ、それを足場にして立体的に飛び回っていた。

一つ一つの動きに何重ものフェイクを入れ、時に銃撃で牽制しつつ、斬殺される瞬間を何とか先延ばしにしている。変幻自在の刃を壁で防ぐことはできないし、切り札として持ってきた重機関銃は二挺とも弾切れ。自動拳銃が二挺だけでは、大量の血液を操作して防壁にしてしまうウェズリーに傷を負わせることができない。

火力で優位に立っていた状況でも仕留められなかった時点で、今自分が守勢に回っているのも仕方のない話だったのだ。

「そろそろ逃げ回るのをやめてもらっていいかな？　君が息をしているだけで、世界の価値はどんどん蝕まれていく」

「意味不明な理屈ばっかり垂れてんじゃねえよ！」

狂者には狂者の論理がある。

本人にしか理解できないであろう価値観を首からぶら下げて、ウェズリーは薄気味悪い微笑みを浮かべていた。

その姿に、失望を覚えないわけではなかった。

強者との闘争で己の命を燃やし尽くすことを信条とするグレミーにとって、かつて目標としていた男が変わり果てた姿になってしまうのは到底受け入れられない。ただ、戦闘が始まって数秒後にはそれもどうでもよくなった。

思想を理解することはできずとも、目の前には闘争がある。

銃声と硝煙と、血飛沫と死の匂いと、痛みと快感がある。

グレミーはもはや、それ以外を世界に求めてはいなかった。

「結局何も変わらねえ。俺がやるべきことは何一つな」空中を不規則な軌道で駆け巡り、グレミーは狂暴に笑った。「俺はただ、この戦いを最っ高に楽しんでやるだけだ」

二挺の拳銃が火を噴き、両掌に快楽を伴う振動が伝わってくる。一発一発に殺意を充填して、眉間、眼球、喉元、左胸、腹部といった急所に狙いを定めて撃ち続ける。未来でも見えているかのように正確な予測で全弾を防がれても、すぐに再装填を済ませて銃撃を再開する。

狂喜を顔面に貼りつけて暴れ回っていても、頭だけは冷静だった。

眼前にいる敵よりも世界の真理などという意味不明なものだけを見つめている狂信者の意識を、こちらに向けさせなければならない。

そのために、グレミーは狂気に塗れた策を選び取った。

「いい加減こっちを見ろ、クソ野郎っ！」

空中に発生させた壁を蹴りつけて、一直線にウェズリーへと突進する。血液による防壁を突破できないのなら、迎撃されるリスクを背負って懐に飛び込んでしまえばいい。

「自ら死を選ぶのか。いい心がけだね」

目の前をチラつく羽虫でも払うように、ウェズリーが右手を動かした。

血液の球体が凄まじい速度で刃状に変形し、右手の動きに連動して振り抜かれた。

濃密な死が眼前に広がっていく。銀の弾丸に潜む悪魔が、宿主の死を予感して嬉しそうに脈動する。

されどグレミーは狂暴な笑みを浮かべたまま、赤黒い刃を左肩で受け止めた。

「……なるほど」

ウェズリーの瞳に、理解の色が広がっていく。

液体の刃を、空中に生成した壁でやり過ごすのは難しい。何故なら液体は変幻自在で、壁の上下左右どこからでも回り込んで後ろにいる敵を切り裂いてしまえるからだ。

ならば斬られることを前提として、身体の表面に壁を作り出して急所だけを守ればいい。守れるのはほんの一部分だけで、読みが外れてしまえば即刻地獄行きとなる。だがグレミーにとって、そんなことは許容の範囲内だった。

言うなればこれは、まともな人間なら絶対に実行できない策。

心を喪った銀使いだからこそ為せる、狂気に満ちた博打だった。

重要度の低い血管の幾つかと、僅かばかりの皮と肉だけを犠牲に、グレミーは懐に入り込むことに成功した。

銃口は既に、ウェズリーの心臓を捉えている。

「悪いな、くたばれ」

グレミーは激情を人差し指に乗せて、弾倉が空になるまで撃ち続けた。殺意という概念と己の存在が溶け合って一つになるまで、ただひたすらに撃ち続けた。

銃声に金属音が混じっていることに気付いたのは、数秒が経過してからだった。

「間引かれるのは君だ、グレミー」

大部分を迎撃に使っていてもなお、ウェズリーはまだ血液の一部を待機させていたのだ。至近距離からの銃撃は、スーツの内側から覗く赤黒い鎧が悉く受け止めている。

全弾を撃ち尽くしたグレミーは、地獄のような緩慢さで掲げられる右手をただ眺めているしかない。

「はっ」もはや笑うしかなかった。「どうやって倒せばいいんだよ、てめえ」

グレミーは目を見開いて、己の死の瞬間を目に焼き付けようとする。

——しかし、死神の鎌はまだ振られなかった。

グレミーの身体を縦に二等分するため振り下ろされるはずだった右手は、何故か空中で停止していた。虚空に縫い付けられたように、右手はどれほど力を込めても動かない。

掌には、一本の長大な釘が突き刺さっていた。

それが右手を空中に釘付けにして、動きを強制的に止めているのだ。

「……はは、まさかの展開だ」

一転して窮地に立たされたウェズリーは、他人事のように呟いた。

強化ガラスと木片と死体が散乱する部屋の中から、喪服のようなドレスを着た血塗れの女が歩いてくる。虚ろに開かれた瞳から流れ出す涙がアイシャドウを溶かして、一筋の漆黒を頬に描いていた。

カルディア・コートニーは、喜怒哀楽のどれにも当てはまらないような壊れた笑顔で、一息に捲し立てた。

「……認めない。私は認めませんよ、ウォルハイト様。あなたはとっても優しくて、空気を読むのがうまくて、私なんかのために命を投げ出してくれるような、そんな神様みたいな人だったんだ！　なのに……ふざけるな！　無価値な人間を世界から間引く？　ウォルハイト様は絶対にそんなこと言わないっ！　だってそうでしょ？　ウォルハイト様はこれまで、皆が殺してくれっていうから、仕方なく自殺の手伝いをしてただけなんだから。優しいウォルハイト様が、自分の意志で人を殺すはずがないだろ！　まして、愛してるはずの私を殺そうとするなんて！　い、今のお前は偽者だ！　神様なんかじゃない！」

「勝手に幻想を抱かれて、勝手に幻滅されてもね」

「うるさい！　偽者が喋るなよ！　早くお前を殺して、ウォルハイト様を取り戻さないとっ！」

両手いっぱいに釘を握り込んだカルディアと、この隙に再装填を完了させたグレミーが警戒しつつ近付いてくる。

ウェズリーは蠟人形のような笑みを浮かべたまま彼らを一瞥した後、少しの躊躇もなく、釘付けにされている右手首から上を自ら切断してみせた。

断面から噴き上がる血液を刃の形に変化させていく化け物を眺めながら、グレミーは笑った。

心から楽しそうに笑った。

「ああ、これだ。これなんだよ、俺が求めてたものは！　いいぜ、このままずっと殺し合おう！　アホみてえに笑いながら、何の意味もなく殺し合おう！」

真理の使者を名乗り、意味不明な論理に従って虐殺を執行する者。

他人を歪んだ主観で解釈し依存し、倒錯した理想に溺れていく者。

無意味な闘争の中で死に、地獄に堕ちるという未来を待ち望む者。

彼らはそれぞれ、別の種類の狂気によって形成された笑みを浮かべている。

共感も同情も論理性も妥当性もない、混沌だけが居座る戦場。

誰にも理解できない戦利品を求めて、銀の弾丸に操られた化け物たちが飛び出していった。

◆

全身の切り傷から血が流出し、激痛を伴う寒気が骨の髄を犯してくる。照明が薄暗いせいで傷口を目視することはできないが、失神する一歩手前の重傷であることは明らかだった。

俺は焦燥に任せて怒鳴りつける。

「リザてめえ、いちいち指示が遅いんだよ！」

反響定位（エコロケーション）によってシャレドの位置を把握できるのはリザだけだ。当然ながら、相棒の指示が遅れれば俺は攻撃を回避することができない。

何とか致命傷は避けることができているが、明らかに限界が近付いてきている。

「そろそろ自分で考えて動く時期が来たと思わない？」

「本当にそれでいいのか？　一瞬でくたばる自信があるぞ」

「…………」

「何だよその沈黙は」

「ちょっと考えてみたけど、まあ別に問題ないかなって」

「せめて、もう少し長く考えろよ」

アホと会話していても苛立（いらだ）ちが募っていくだけで、何の意味もない。長い溜（た）め息（いき）を吐き出して、どうにか思考を切り替える。

負傷の程度は比較的軽いとはいえ、疲労困憊（ひろうこんぱい）なのはリザの方も同じだった。

超音波を飛ばして位置情報を把握しながら、俺にしか聴こえないように指向性を操作した声で指示を出し、自身は反撃の機会を窺い続ける。そんなことを一〇分以上も繰り返していれば、脳の処理能力が限界を超えてくるのは間違いない。徐々に指示が遅れてくるのも仕方がないだろう。

さらに厄介なことに、シャレドは長期戦の構えを取っている。

決して踏み込みすぎずヒット&アウェイに徹していれば、俺とリザは勝手に消耗していく。しかも、時間を稼いでいれば後ろからウェズリーが追い付いてくる可能性もあるのだ。俺が奴でも同じ戦略を組み立てるだろう。

「ラルフ、上から来る！」

「は⁉」

突然の指示に脳内が混乱する。

跳び上がって蹴りかかってくるのか？　それとも天井から急降下してくるのか？

一瞬のうちに浮かび上がる様々な可能性から一つを選択して、喚び出したライオットシールドを頭上に突き出した。

「残念、それは悪手だよ」

何もない空間から、男の声だけが聴こえてくる。

次に知覚したのは、盾に生じた衝撃だった。それは銀使いが全力で飛びかかってきたにしては軽く、柔らかい感触に思えた。

状況を把握できずに身体（からだ）が硬直する。

その一瞬の隙さえあれば、シャレドにとっては充分だったようだ。

合金盾を俺の手から奪おうとする凄（すさ）まじい力が生じ、必死の抵抗も虚（むな）しく簡単に引き剥がされてしまった。不可視の銀（シロガネ）使いに投げ棄（す）てられ、間抜けな軌道を描いて飛んでいくライオットシールドを眺めながら、俺は完全に死を覚悟した。

悪意を持った神によって、時間感覚がたぶらかされていく。

微（かす）かに感じる風圧が、俺の首元へと向かってくる。

一瞬後に噴き出すであろう赤い液体のイメージ。

遠ざかっていくシエナの後ろ姿。

俺の死体を無表情に眺めるリザの紅（あか）い瞳。

救えなかった恋人。

果たせなかった復讐（ふくしゅう）。

殺せなかった仇敵（きゅうてき）。

贖（あがな）えなかった罪。

全ての追憶を、後悔を、懺悔（ざんげ）を、慟哭（どうこく）を一様に呑（の）み込（こ）んで、時の激流が襲い掛かってくる。

それを受け入れたとき、俺は首元を貫かれて死に果てるのだ。

そもそも、シャレドが俺たちを暗殺するチャンスはこれまでに幾度となくあった。あのナイト・クラブで、波止場で、違法農園で、ハイルの指示さえなければ俺たちはとっくに殺されていた。シャルロッテが殺される原因を作ったあの外道の気まぐれによって、俺たちは生かされていただけなのだ。

怒りに震えながらも、頭だけは冷静だった。

それは俺が、死を受け入れているからではない。

俺はこの期に及んで、生存の目を探しているのだ。自分の往生際の悪さを内心で笑いつつ、迫りくる死の気配を睨みつける。

気が付くと俺は、心臓で蠢く〈銃創〉に命令を送っていた。

召喚したのは、知り合いの廃品回収業者から買った廃自動車だった。エンジン類は抜かれ、フレームも錆びて朽ちかけた、ただの鉄の塊。

それでも、一トン近い重量を持つ鉄槌としての役目なら果たしてくれる。

廃自動車が、轟音を撒き散らしながら地面に叩きつけられる。

圧殺された全裸男の死体が見えないということは、シャレドは直前で回避に成功したのだろう。しかし、俺を即死させるという第一目標は諦めざるを得なかったようだ。

後方から響く銃声。

血の花弁が右腕から咲き、シャレドは体勢を崩して床に倒れ込んでしまった。一瞬だけ振り返ると、壁際で座り込むアントニオが握る拳銃から硝煙が立ち昇っていた。病の進行で震える手ではありえないほどに正確な射撃。深い色の瞳には、静かな殺意が垣間見(かいまみ)えた。

今頃になって、俺は重大な事実に気付いた。

今、シャレド・リヴァースの姿が鮮明に見えているのだ。

「随分と集中してないと姿を消せないみたいだな。ちょっとしたハプニングが起きれば、お前は能力を保てなくなる」

「何こいつ、どんだけ繊細なの？　変態のくせに？」

長い前髪で隠された表情は読み取れないが、図星であることは間違いない。間違いなくこれは勝機だ。

「あ、いいこと思いついた」リザは性格の悪さが滲(にじ)み出(で)た笑顔で言った。「ラルフ。ちょっと銃貸してよ」

「どうするつもりだ？」バラックを投げ渡しながら問い掛ける。「お前の地獄みてえな射撃技術で、動く的に当てられるのか？」

「別に当てる必要なんてないんだよね。……まあ、黙って見てなって」

リザは素人臭(しろうとくさ)い手つきでスライドレバーを引き、薬室に銃弾を送り込む。ナイフを握る左手の甲を土台にして、真正面に照準を向けた。

そうしている間にも、シャレドの姿はもう完全に風景に溶け、不可視の領域に突入している。

反響定位で奴(やつ)の位置を捕捉したとしても、リザの絶望的な射撃技術では高速で動き回る銀使(シロガネ)

いに銃弾を当てられるはずがない。

俺の疑問を嘲笑うような表情で、リザが引き金を引いた。

――銃声は鳴らなかった。

弾詰まりなどではない。澱んだ空気を震わせていく残響が微かに聞こえるのは、自動式拳銃が正常に作動したからに外ならない。

「ああ、クソっ」リザは吐き棄てるように言った。「もう少し右か」

言いながら、リザは三回続けて引き金を引いた。またしても銃声は鳴らず、微かな残響がかろうじて銃撃の実在を証明している。

ここまでくれば、俺にもリザの狙いが読めてきた。

じきに訪れるであろう好機に備えて、両手に短機関銃を召喚する。

「……きたっ！」

少女のような笑顔で、リザが叫んだ。

俺は慌てて周囲を見渡す。上下左右に眼球を動かし、視界の端に見つけた異物に焦点を合わせる。

全裸の銀使い――シャレド・リヴァースが、両耳を手で押さえて蹲っていた。

「よくやった、リザ！」

俺は短機関銃の引き金を引き絞り、毎分五〇〇発の銃弾の雨をお見舞いする。床を転がって回避していくシャレドだが、泥酔者のように不安定な足取りでは全てを躱しきることはできない。鈍色の暴風が、逃げ遅れた左足首、右手首、左肩を抉り取っていく。

リザは銃弾を奴に当てるために発砲したのではない。

銃身内部で火薬を炸裂させ、けたたましい銃声を発生させる——ただそのためだけに引き金を引いたのだ。照準を合わせる方向など、そもそも何処でもよかった。

音を操る能力を持つリザは、拳銃から発生した爆音の指向性を操作し、増幅させ、不可視の世界で動き回るシャレドの鼓膜へと丁寧にエスコートすることができる。以前、教会で悪魔に支配されたシエナと戦った際にも使った手だ。

ただ今回は、高速で動き回る銀使いが相手。

リザがいとも簡単にやってのけたのは、冗談のような絶技だった。

三半規管に轟音を直接届けられて、まだ意識を手放していないシャレドは化け物としか言いようがない。だが、平衡感覚を失っていては短機関銃の猛攻から逃げ果せることは不可能だ。既にシャレドの両足はほとんど千切れかけ、改造手術でも受けない限りは一生歩くこともできなそうな有様だった。

当然、想像もできないほどの激痛が奴を襲っていることだろう。

透明化能力を使おうと、考えることすらできないほどの激痛が。

リザが投げ返してきた拳銃を黒い霧の中に消して、声も出さずに苦痛に喘いでいる哀れな男へと近付いていく。

「苦しそうだな。いい気味だ」

「あんたの動きってさ、とにかく素人臭いんだよね。流石に正直すぎる。これまでずっと姿を消してコソコソ暗殺ばっかやってたから、初歩的な駆け引きすらできてない」

「そう責めてやるなよ、リザ。これから殺されるこいつが可哀想だろ」

短機関銃の銃口を眉間に突きつけて、俺は続けた。

「服を着る知能すらない猿でも、すぐに止めを刺さないでやった理由くらい解るよな？」

「……はっ、ははははは！　わわ、解るよ、あの人、の居場所を吐けってい、うつもりだ、ろ？」

「話が早いな、助かるよ。このまま俺たちの機嫌を損ねないでくれたら、なるべく楽に殺してやる」

「断る」

「は？」

「だっ、だから断るって言ったんだ」

リザが試しにナイフで右肩を突いてみても、シャレドの態度は変わらなかった。痛みで狂ったように笑いながら、両の瞳では使命の炎を燃やし続けている。

「い、いいか？　与えてもいいヒントは一つだけ。きっ、きみたちは、〈イレッダの深淵〉というヒントから、あの人に辿り着かなきゃいけない。……それが、あの人が決めたルールなんだ。これはゲームだから、な、何をやってもいいんだけど、ルールだけは守らなきゃならない。わ、解るだろ？」

ゲーム。

俺は頭の中で繰り返す。

これまでの全てを、ハイルはただのゲームだと捉えている。

悪魔を召喚するための生贄としてシエナを攫ったことも。五大組織を巻き込む大戦争を引き起こして人工島を血で染め上げたことも。悪党どもに銀の弾丸を売り、暴走の末に起きる悲劇を演じさせたことも。シャルロッテを、俺がかつて好きだった女を、薬漬けにして犯して殺したことも。

奴はそれらを高みから眺め、「楽しいゲームだった」と簡単な感想を呟いて、数秒後には興味を次へと移らせていく。

だとしたら、地獄に堕とされた彼らの絶叫に、凌辱された彼女らの慟哭に、全てを失った男の激情に、どんな慰めを与えればいい？　どこまで残酷に、徹底的に、独創的な方法でハイルを殺せば、全てをなかったことにできる？

いったいどうすれば、穢れた過去を清算できるというのだろう。

気付いたときには、俺はシャレドの胸倉を摑んで怒鳴りつけていた。

「ふざけるな、クソ野郎っ！　てめえが守ろうとしている男は、一秒たりとも生かしておいてはいけない外道だ。今すぐぶち殺さなきゃいけない。俺が、この手で奴をっ、ぶっ殺さねえと駄目なんだ！　解ってんのか？　てめえの生き死には俺が完全に握ってる。今すぐ吐け。奴は今何処にいる！」

「……ラルフ」

「一秒沈黙するごとに指を一本ずつ斬り落としていく。何本目でてめえがくたばるか見ものだな？　ほら、もうカウントは始まってる。一、二、三……ふざけてんじゃねえぞっ！　てめえ、何でまだ黙ってやがる！　……そうかそうか、よく解ったよ。そんなにぶっ殺してほしいなら今すぐ――」

「ラルフ」

リザの白い手が、俺の肩に触れていた。

「……もう死んでるよ」

シャレド・リヴァースは、口から大量の黒血を垂れ流して事切れていた。

舌を噛み切ったわけではないだろう。そんな怪しい挙動をすれば、俺かリザが絶対に気付く。

「何かを呑み込む音が聞こえた。……きっと、歯の裏側に毒薬でも隠してたんでしょ」

「……自害、だと？　銀使いが？」

死後に魂を悪魔に喰われてしまう銀使いが、この世で最も死を恐れているはずの存在が、秘密を守るためだけに自ら命を絶った。ハイルは、銀使い(シロガネ)をそんな狂信者に変えてしまった。

それでもハイルは、狂った信仰の対象となったあの外道は、同情も哀悼もなく、いつものように空虚に笑っているだけなのだろう。あの薄ら笑いを想像するだけで、殺意が沸騰していくのを感じた。

煮えたぎる憎悪(ぞうお)で形成された渦が、俺の足元に広がっている。途方もない怒りが渦の中心で膨れ上がり、爆発する瞬間(ま)を待ち侘(わ)びている。

――左胸の辺りに、機械的な振動を感じた。

リザが顎で合図してきた。我に返った俺は周囲を警戒しつつ、見知らぬ番号から掛かってきた電話に応対する。

『もしもし？　……あれ、これ繋(つな)がってます？』

緊張感を一切感じさせない、どこまでも気の抜けた声。

聞き間違えるはずがない。この人工島を地獄の底に突き落とし、シエナを奪い去っていった張本人――ハイル・メルヒオットが、俺に通話を繋(つな)いできたのだ。

「……ハイル」

『ああ、やっと出てくれた。無駄に焦(じ)らさないでくださいよ。もしかしてふざけてます？』

俺の番号をどうやって知ったのか、などという疑問はすぐに呑(の)み込(こ)んだ。薄利多売方式で仕事を請け負っている賞金稼ぎの連絡先など、それなりの情報屋に照会すれば簡単に手に入る。

いや、真の問題はそんなところにはない。

「……いったい、何の用だ」

ハイルがこのタイミングで電話をかけてくる意味を考えろ。奴のいう儀式とやらが始まり、シエナが悪魔に捧げられるのはまだ先のはずだ。

俺たちにヒントでも与えるつもりか？

それとも、ただ単に挑発してくるつもりなのか？

『いや、ただの経過観察ですよ。あなたたちが、〈イレッダの深淵〉を無事に見つけられたのかなって。儀式まであと四時間もないので急いでください』

「そんなに俺たちに会いたいなら、お前の口から居場所を吐けばいい」

『まあ別に教えてあげてもいいんですが……』ハイルはわざとらしく溜め息を吐いた。『ゲームのルールを途中で変更するのはフェアじゃない』

「お前のくだらないゲームのために、今まで何人が死んだと思ってる」

『はは、やめてくださいよ。僕はそんなに残酷な人間じゃない。今まで人を直接殺したこともないですし……』

「お前の部下……シャレドとかいう変態も、そのゲームに不要になったから切り棄てたのか？」

『切り棄てた？』

「奴(やつ)は自ら命を絶った。お前のくだらないゲームを守るために、自分で毒を服(の)んで死んだ」

『それは酷(ひど)い話ですね……。いやいや可哀想(かわいそう)なことです。とはいえラルフさんに手紙を届ける役目は果たしてくれたし……まあ、そんなことはどうでもいいんですよ。ねえ、ラルフさん？僕からの手紙は読んでくれました？』

――僕らは運命で結ばれている。

たった一文のシンプルな言葉が、脳裏にこびりついて離れてくれない。

シャルロッテを殺した犯罪組織に〈銀の弾丸〉を売り渡し、悲劇を高みから見物していた男の哄笑(こうしょう)が、幻聴となって鼓膜を叩(たた)いてくる。

「……ああ、受け取ったよ」

『で、どう思いました？』

落ち着け。落ち着け。落ち着け。

ここで通話を切っても、ハイルの思惑を理解することができないまま終わってしまう。拳を握り締めて屈辱に耐え、少しでも情報を引き出せ。大丈夫だ、俺ならやれる。たとえ過去が血を流し続けていても、それ以上に大切な現在が俺にはあるはずだ。シエナを救うために、心を殺し続けなければならない。

『答えにくいですか？別に、僕に悪気なんてないんですよ。何と言うか、僕は生まれつき人の感情というものがよく解(わか)らない人間でして。悲劇に見舞われた人間がどういう反応を取るのか、憎悪に支配された人間がどんな感情を吐き出すのか……知識としては確かにあっても、いまいち実感が湧かないんです。だから教えてください。ラルフさんはそれを知って、どう思いましたか？』

「……くたばれ、クソ野郎」

冷静な思考など、簡単に吹き飛んでいってしまった。

殺さなければならない。この男を、俺自身の手で必ず殺さなければならない。

できるだけ冷徹に、考え得る限り最も残酷な方法で。

たとえ俺の人間性と引き換えにしてでも、この男だけは殺さなければならない。

視界が極端に狭まっていくのを感じる。隣で耳をそばだてているリザも、負傷して倒れているはずのダレンも、その側で治療にあたっているアントニオも、俺の世界から完全に消失していった。握り締めている携帯と、電波の向こうにいるハイルの薄ら笑いだけが世界の全てを構成していた。

この感覚には身に覚えがある。

これが〈憎悪〉だ。

全てを犠牲にしてでも誰かを殺さなければならない人間特有の、あらゆる選択肢が放棄された主観世界だ。

『……ああ、そうそう。電話をかけたのにはちゃんとした理由がありまして。今ちょっと映像を繋いでみたんですが、どうです？　確認できますか？』

嫌な予感に急き立てられて、画面に目を向ける。

青い空、古ぼけた灰色の壁、散乱する瓦礫の山を経由して、画面はハイルの顔を映し出した。

年齢不詳の微笑みには相変わらず人間味がなく、感情を読み取ることは叶わない。いや、この怪物に感情などというものがあるのかどうかすらも定かではなかった。

微かに聞こえる靴音と連動して、画面が上下に揺れていく。

やがて立ち止まったハイルがカメラを反対方向に向けると、コンクリートに突き刺さった十字架が目に入ってきた。

呼吸が断絶する。血液が頭へと昇っていく。

拳を強く握り締めながら、俺は十字架を凝視する。

まさか、まさかこの男は——。

『もっと拡大してあげますね』

カメラがズームしていくと、磔にされている少女の姿が露わになった。

シエナは両手両足を荒縄で縛られ、錆びた金属でできた十字架に括り付けられている。ここから見る限り目立った外傷は見られないが、この炎天下の中、ああして直射日光に晒され続けているだけで相当な苦痛を与えられているだろう。

十字架を取り囲むように、赤黒い円がコンクリートの地面に描かれていた。よく見ると円を構成しているのは何らかの文字列——恐らく、施術士どもが銀の弾丸の設定を弄る際に用いる〈忌み字〉と呼ばれるもの——だった。専門的知識がない俺でも解る。ハイルはもう、シエナを使って何かを始める準備を整えている。

『安心してください、まだシエナさんは無事ですよ。ただ、まあ……、少しだけ精神が不安定になっているようですが……』

大気を切り裂くような高音が響く。スピーカーでは全てを拾いきれずに音が割れ、耳障りなノイズへと変換されていく。

シエナ・フェリエールが、白目を剝いて絶叫しているのだ。

シエナはその数秒後には壊れたように笑い始め、また少しすると泣き出しそうな表情になった。一筋の涙が頰を伝っていったかと思うと、次の瞬間には獣のように非言語的な慟哭を放った。

精神という器を巡って感情同士が争い合うように、シエナの内面は荒れ狂っていた。

何処からどう見ても、彼女は正常な状態ではない。

何処からどう見ても、彼女は地獄の底にいる。

「シエナに……彼女に何をした、ハイル」

『別に何も』

「ふざけるな、まだ時間はあるはずだ！　なのにっ、なぜシエナを……！」

『信じてくださいよ、僕は何もしていません。暴れないように磔にさせていただきましたけど、計画の実行まではまだ四時間もある。そこに関して、僕は一切嘘は吐いていません。いま彼女がおかしくなっているのは、彼女自身のせいですよ』

「……何だと？」

『彼女には、銀の弾丸に眠る悪魔の気配を感じ取る力がある。銀使いが死んで、悪魔が魂を取り立てにくるときなんかはもっと強力に感じるみたいですね。……そして今イレッダ地区では、哀しいことに戦争が起きてしまっている。これまでの人類の歴史でも考えられないくらい、大量の銀使いたちが殺されているはずです』

イレッダ地区で活動している銀使いがどれだけいるのか、そのうち何割が殺されて悪魔に連れて行かれたのかは解らない。いや、事態は俺の想像などを遙かに上回る領域にまで達しているのだろう。

シエナの錯乱と絶叫が、彼女に訪れた地獄が、それを雄弁に物語っている。

「……今すぐシエナを解放しろ。頼む、今すぐぐっ！」

『何でですか？　シエナさんはあと数時間で死んじゃうんですよ？　それなら別に、今どれだけ苦しんでいても同じじゃないですか。どうせ何もかも無に帰るわけですし』

俺は沈黙し、ハイルの次の言葉を待っていた。

リザは何も言わない。今はどんな言葉も価値を持たないことを解っているのだろう。

『と、いうことでリハーサルは終了です』

「……リハーサル、だと？」

『ええ。もしあなたたちがここまで辿り着けなかったら……シエナさんの最期の雄姿を映像通話でお届けしてあげようかな、って思いまして。どうやら問題ないようですし、僕もこれから準備で忙しいのでそろそろ切りますね。あ、携帯の電源は入れておいてください』

ハイルは何処までも他人事のように言った。この精神の怪物は、虫を殺して笑う幼子のような残酷さで、平然と世界に地獄を連れてきてしまう。

これまで戦ってきたどの銀使いよりも、俺にはこの非力な男のことが恐ろしかった。

「…………………殺す」

『はい？』

「ハイル・メルヒオット。俺たちは、お前を必ず探し出して殺す。考え得る限り最も残酷な方法で殺す。生まれてきたことを後悔させるだけではまだ足りない。世界を呪って死んでいかせるくらいではまだ足りない。どうすればお前が犯してきた罪を清算できるか、これからの四時間で必死に考え続けてやる。今更後悔しても無駄だ。もう全てが遅いんだよ。……ハイル、お前は終わりだ」

『……はは、心が折れてないようで安心しました』

ハイルは何処までも穏やかな表情で笑った。

『まあ楽しみにしてますよ。ではまた』

通話が切断され、苦しみに耐えるシエナの姿が遠ざかっていく。それを一対の眼球に焼き付けて、俺は立ち上がった。

絶望に打ちひしがれている時間はない。

目の前に立ち塞がる全てを蹴散らして、俺たちは前に進んでいかなければならない。

「……ラルフ」

「ああ、気付いてるよ」

俺は短機関銃を召喚し、さっき歩いてきた地下通路に銃口を向ける。

引き摺るような足取りで迫ってくる誰かが射程に入ってきた瞬間、即座に撃ち殺す。その準備はできている。

果たして、暗がりから現れたのは紺色のスーツに身を包んだ長身の男だった。

赤黒い液体で全身を染め上げ、聖職者のように胡散臭い笑みを浮かべる姿は、名状しがたい不吉さを孕んでいる。片腕を失っているようにも見えるが、硬質化した血液によってすでに止血されていた。致命傷には程遠い状態だろう。

「わざわざ殺されにきたのか？」

狭い地下通路には、まともな遮蔽物も、銃弾を回避するスペースすらない。

俺は腹の底で渦巻いている、ハイルへの憎悪を引き金に乗せた。全身に伝わる振動と地下通路に響き渡る轟音をもってしても、怒りを紛らわすことはできそうにない。

「学習能力がないね。だから淘汰されるんだ」

最大限の殺意をもって放たれた銃撃を、ウェズリーは例のごとく血液で形作った防壁で完封してみせた。

俺は完全に怒りで我を失っていたようだ。液体を自在に操って防御も攻撃もやってのける化け物に、通常の戦闘における常識が適用されるはずがない。

こうして接近を許してしまった時点で俺たちに勝ちの目はない。

ハイルとのやり取りの間に、足を止めてしまっていたのがそもそもの失敗だった。

「もうさ、腹をくくるしかないでしょ」

焦燥に支配される俺とは対照的に、リザは気の抜けた声で嘯いた。

「あのバカくらい片手間でぶっ殺せなきゃ、ラーズとは絶対に戦えない」

「はっ」俺は刀を投げ渡しながら応えた。「解ったよ戦闘狂。やってやる」

両腕を大きく開いて、ウェズリーは昼下がりの公園にいるような表情で悠然と歩いてくる。

縮まっていく距離。

加速していく鼓動。

隣に立つ相棒の口の端が、狂暴な形状に歪んでいく。

――緊張した空気を吹き飛ばしたのは、一発の銃声だった。

発砲したのは俺ではない。もちろんリザでも、ウェズリーでもない。銃声は正面から聞こえたので、壁際で蹲っている重鎮二人によるものでもないだろう。

「……驚いたよ。確か、心臓を貫いたはずだけど」

ウェズリーは首だけを動かして後ろを振り向いた。腹部に新しく出来上がった傷口から大量に溢れてくる黒血を、自身の能力で何とか堰き止めている。

ウェズリーの視線の先――通路の奥から現れたのは、喪服姿の女を肩に担いだグレミー・スキッドロウだった。

常人なら既に五回は即死しているほどの重傷だった。

左目は切り傷で潰れ、肩口は深く抉られ、腱を斬られたのか左足を引き摺り、臓物が零れないように左手で脇腹を圧迫している。死んでいるのか失神しているのか解らないカルディアを右腕で抱え、手首だけを持ち上げて銃口を向けている。

「俺の能力を忘れたのかよ」グレミーはカルディアを地面に降ろしながら呟いた。「心臓の表面に壁を作るくらいできるに決まってんだろ。まあ、確かに初めての挑戦だったけどな」

挑発のために余裕の表情を作ってはいるが、どう考えてもグレミーは死の一歩手前にいる。いや、境界線などとうに越えているのだろう。奇跡か何かの働きで、死の瞬間が先送りにされているだけだ。

「執念だけは立派だけど、君こそ私の能力を忘れたのかな？」

次の言葉を待つまでもない。液体を自由自在に操作する能力がある限り、ウェズリーが出血多量で死に至ることはあり得ないのだ。この男を殺すには、主要な臓器や脳を一撃で破壊して即死させるしかない。

背後からの奇襲で仕留められなかったグレミーに、次のチャンスは訪れない。瞳に宿る闘気は消えていないものの、身体の方は完全に限界を迎えたようだ。

グレミーは膝をつき、震える右手から拳銃を取り落としてしまった。斬首される瞬間を待つ罪人のように、緩慢に歩み寄るウェズリーを睨みつけている。

「……しかし生き汚いな、たまらなく不愉快だ。グレミー、息をしているだけでも世界の価値を損ねていく君が、どういう了見で生にしがみついている？」

「まだ、てめえの薄ら笑いを消せてない。……死ねるわけねえだろうが」

「なら残念だ。君の願望はここで弾けて消える」

ウェズリーは切断された手首の先に血液を集め、形状を瞬く間に変化させていく。硬質化した液体が鋭く研ぎ澄まされていき、一振りの長大な刃へと帰結した。赤黒い表面に粗末な照明が反射して、神々しく光っているようにすら見える。

「せめて、醜い悲鳴で世界を穢さないでくれ」

非情な宣言とともに、刃が振り下ろされる。

しかし、刃がそのまま振り抜かれることはなかった。刃はグレミーの項を捉える直前で停止しており、鮮血を撒き散らすこともない。

倒れ込むように刃から離れたグレミーも、何が起きたか解っていないようだった。

停止したのは刃だけではなかった。

上半身の動きに合わせてひらめくスーツやネクタイも、振り乱された前髪の毛先も、ウェズリーの傷口から飛び散る血液の一滴一滴も、全てが静止画のように凍結されている。

ウェズリーを中心とした半径一メートルの空間の、時の流れが完全に停止しているのだ。

神の摂理にも逆らうほどに強大な力。

こんな奇跡を起こしてしまえるのは、この世界にたった一人しかいない。

巨大犯罪組織〈フィルミナード・ファミリー〉の現在の頭領にして、現代史の教科書にも汚名を刻むほどの大罪人——アントニオ・フィルミナードその人しかいない。

ウェズリーの背後には、いつの間にかアントニオが接近していた。枯れ枝のように痩せ細った手足ではまともに立つことすらできず、壁に手をつくことで辛うじて体重を支えている。

そんな要介護者が、無敵とも思えた銀使いを完全に無力化しているのだ。

とはいえアントニオの体力を考えると、この状況は長く続かないだろう。俺は短機関銃を召喚し、銃口をウェズリーの脳天へと向ける。

「いま奴を攻撃しても、銃弾が空中で停止するだけだ。黙って見ていろ」

衰弱しきった身体の何処にそんな胆力があるのかと、俺は驚愕しつつ従うしかなかった。

足を引き摺ってかつての部下へと歩み寄りながら、アントニオはさらに続ける。

「意識は鮮明なのに、指先一つ動かせない恐怖はどうだ？　血流も呼吸も停止して、急速に死へと向かっていく絶望は？　お前は今、何を思考している？」

ウェズリーは勝利を確信した微笑のまま、完全に凍結している。

この男の内部を、どんな感情が占めているのかは解らない。

世界の真理などという意味不明な概念を守るために殺戮を続けてきた狂信者にも、恐怖や絶望という名の怪物は平等に訪れるのだろうか。

ウェズリーはほんの数メートル先にいるというのに、次元の壁ほどの断絶が確かに存在していた。

「考え得る限り全ての悪行を重ねてきた俺だ。今更正義が何かを問うつもりも、その権利もない。俺はただ、自らの怒りを鎮めるためだけにお前を殺す」

人は心停止から一〇秒で意識を失い、一〇分も経過すればほぼ確実に死に至るとされている。銀使いの場合はどうなるのかは、俺にはよく解らない。

だが、少なくともこれで勝負は決した。それだけは確かだった。

「……ああ、誤解するな。組織を裏切ったことに怒っているわけではない。大組織の面子ほどくだらないものもないよ。お前が騙る世界の真理とやらが凡庸で、その上退屈だったことも関係ない。何故ならお前のくだらない思想などに全く興味が沸かないからだ。俺が怒っているのは、お前が自分自身を強者だと錯覚しているから……それだけの理由だ。若造の思い上がりが鼻についたから、お前は終わる。どうだ、簡単な理屈だろう？」

まだ生命活動が終わっていなかったとしても、アントニオが限界を迎えて能力を解除したとしても、この男の意識が戻ることはないだろう。目覚める前に脳味噌を吹き飛ばしてやればそれで終わり。見え透いた結末だ。

アントニオの怒りが、ウェズリーの狂気を上回ったのだ。

それはあまりにも簡潔な真理だった。

永遠と見紛うほどの静寂の中、アントニオは冷酷に締めくくった。

「反論の機会を与えるつもりもない。お前は特別な存在などではなく、ただの薄汚い敗北者として死んでいけ」

能力が解除され、ウェズリーの身体が動き始める。

刃はただの血液の塊となって虚空にバラ撒かれ、腕の動きに引っ張られるように男の長身が崩れていく。そこにはもう、意思の力など微塵も宿ってはいなかった。

アントニオが放った銃弾が、終焉の合図を告げる。

血の花弁と脳漿を後頭部から噴出させたウェズリーは、永遠の沈黙を無抵抗に招き入れた。

世界の真理などという下らない思想が誰かに理解されることもなく、捨て台詞を吐き出すことさえも叶わずに、ただ死んでいった。あれほどに恐ろしかった化け物としては、あまりにもあっけない幕切れだった。

気付いたときには、俺は畏怖の眼差しをアントニオに向けていた。

逃れようのない死に足首を掴まれていても、この老人は何も恐れていないのだ。

膝から崩れ落ちていく軽い身体を慌てて受け止め、俺は素直に感謝を述べた。

「……助かった。……本当に」

老人は肩を貸すという俺の提案を丁重に断り、深い眼差しとともに言い放った。

「まずは負傷者の手当てからだ。救援はもう呼んだが、人手が足りない。力を貸せ」

命令口調とは裏腹に、人工島の歴史を最前線で記録してきた瞳には確かな感情の揺らぎが見えた。

「〈イレッダの深淵〉、というものを探しているのか？」

「心当たりでもあるのか？」

「……ある。随分と昔の話だが、恐らくあの場所で間違いない」

「教えてくれ！　いったいそいつは何処に」

「まずは負傷者を別の拠点に移してからだ。あと少しで車も到着する」フィルミナード・ファミリー三代目頭領としての、有無を言わせぬ響きが言葉に宿っていた。「その後で、お前たちが望む情報をくれてやろう」

From Now On 13

MAD BULLET UNDERGROUND

呻き声を上げながら担ぎ込まれてくる負傷者たちで、フィルミナード・ファミリー本社ビルのエントランスは溢れかえっていた。

連中の会話を統合すると、本社ビルやその周辺の防衛にはかなりの戦力が注ぎ込まれており、つい数時間前に敵対組織を撤退させることに成功したらしい。拭き取られていない血痕や砕けたガラス、銃撃で破砕した大理石の床などは、小さな勝利を得るための代償だったということだろう。

とはいえイレッダ地区全体を見渡せば、フィルミナードの各拠点が壊滅状態にあることは間違いない。構成員——特に重武装した戦闘員や銀使いどもには休む暇などないらしく、ビニール袋に小分けされた覚醒剤一パックを支給されて別の戦地へと送り出されていた。

身内にすらそんな有様なので、当然ながら俺たちにまともな治療が与えられるはずがない。救援に来た黒塗りのバンから降ろされたあと、俺たちは水や包帯すら渡されずにエントランスに放置されたのだ。床は負傷者どもで埋まっているので、壁際に立って待機しているしかない。そろそろ疲労も限界を通り越してきた。

仮にも組織のボスを救ってやった英雄である俺たちに、これはあまりにも酷い扱いだ。俺は苦い感情を吐き出した。

「リザ、今感じてる悔しさは絶対に忘れるなよ。いつかこいつらと法廷で争うときの原動力になる……」

最後まで言って、俺はようやくリザが消えていることに気付いた。

ついさっきまで、あのバカは隣で立ったまま眠りこけていたはずだ。人込みの中を見渡すと、二人の黒服どもにナイフを突きつけて奥の部屋へと誘導している黒髪の女の姿があった。

そういえばリザは、さっきの戦闘で何かを摑みかけていた。

銃声を増幅させて自在に操る技能は、精度を高めることさえできればラーズのような化け物にも通用するかもしれない。恐らくリザは、哀れな構成員どもを実験台にして、秘密の特訓とやらに興じるつもりなのだ。

どちらにせよ、あの二人には同情を禁じ得ない。

「よう、まだくたばってなかったのか」

笑いを堪えるような口調で絡んできたバカに目を向ける。

赤髪に革ジャケットという風貌で組織の風紀を乱し続けている銀使い——グレミー・スキッドロウが目の前に立っていた。

先程の戦いで潰された左目には黒い眼帯が、臓物が零れかけていた腹部には包帯が何重にも巻かれている。あれだけの負傷で死ななかっただけでも驚きだが、松葉杖の助けを借りているとはいえ普通に歩けていることにはもう笑うしかない。

ウェズリーとの戦いで助けられたことへの感謝を意地でも口にしたくないくらいには、俺の性格は捻じ曲がっているようだ。湿った音が響いて初めて、自分が無意識のうちに舌打ちをしていたことに気付いた。

「何だその態度は？」

「落ち着けよ。今のはあれだ、防衛本能ってやつだ。蝿が目の前を飛んでたら手で払うとか、家でゴキブリを見かけたらスリッパで叩き潰すとかと同じ」

「なあ、もっと自分の命を大切にした方がいいぜ」

「それもそうだな。限りある人生をこれ以上浪費する前に、本題に入ってくれ」

「……てめえ、マジで長生きできねえぞ。これは警告だけどな」

「お前と雑談してる暇があったら、掌の皺でも数えてた方が有意義だ。これは感想だけど」

そろそろ銃口を向けてきてもおかしくないと構えていたが、グレミーは溜め息とともに殺意を解いた。

お前との勝負には塵ほどの価値もないとでも言いたげな余裕たっぷりの表情で、赤髪の銀使いは静かに呟く。

「ウチの頭領からの伝言だ。このカードキーを使って、エレベーターで最上階まで来いと」

「てっきり造反したと思ってたけど、結局組織に出戻ったのか？」

「色々考えたが、やっぱりダレンの下にいた方がイカレた連中と戦える可能性が高いんだよ。ほら、早く受け取れ。俺はまた次の戦場に向かわなきゃいけない」

「……その状態でか？　今度こそ本当に死ぬぞ」

「今からぶっ殺しに行く相手は、半分だけ召喚された悪魔とやららしい。そんな楽しそうな相手が待ってるのに、ゆっくり休んでられるかよ」

「はっ、勝手にしろ」

戦闘狂の異常性に呆れながらも、背筋に悪寒が走っていくのを感じた。

ハイルはいよいよ、在庫処分を始めたのだ。

召喚が不完全だったとしても、悪魔の媒体となった人間は確実に死を迎える。地獄に堕ちる運命から抜け出せるとしても、そいつの物語が終わることは間違いないのだ。計画に必要な一部の側近を除いて、貴重なはずの銀使いたちすらもゴミのように切り棄てられていく。

哀れな化け物どもを救済するつもりなど微塵もなく、ハイルはロベルタ・ファミリーにまつわる全てを完全に終わらせようとしているのだ。

奴はまさしく、理解の及ばない精神の怪物だった。

「……解ってるとは思うが、悪魔に取り憑かれた連中の能力は規格外なレベルにまで強化される。媒体がウェイドみたいな化け物じゃなかったとしても、まともに戦って勝てるような相手じゃない」

「だからどうした?」

「いや、せいぜい気を付けろってだけだ」

「的外れな助言だな」グレミーは静かに呟いた。「俺はてめえらとは違う」

単純な侮蔑だけでない何かが籠った捨て台詞を残して、グレミーは正面玄関へと歩いていった。あのウェズリーを瀕死に追い込んだグレミーは、現時点で俺たちよりも先に進んでいる。死んでも認めたくないが、それも事実だった。この先また敵に回すようなことがあれば、厄介になるのは間違いないだろう。

この先というものが、俺たちにあればの話だけど。

エントランスの喧騒から遠ざかり、灰色に沈んだ廊下を歩いていく。

突き当たりに、無機質なエレベーターホールが見えた。金属扉はあまりにも無骨なデザインで、ひと目では業務用エレベーターにしか見えないほどだった。一介の構成員どもはこの先に何があるのか知らないらしく、周囲には人の気配はない。

グレミーから渡されたカードキーを、埃の被った操作盤に翳す。

少しの間があって、金属扉が大口を開けて俺を出迎えてくれた。深い呼吸で整えた覚悟とともに、冷たい箱の中に足を踏み入れる。

俺たちの予想通り、アントニオは〈イレッダの深淵〉について知っている。これで、シエナが囚われている城の在り処が解るわけだ。儀式とやらの開始時間まではまだ余裕があるので、シエナが悪魔の供物となる前にハイルに辿り着くことができる。

問題は、フィルミナードをどうやって出し抜くかだ。

仮にシエナを奪還することができたとしても、その場所に組織の手先がいれば完全な自由は手に入らない。〈イレッダの深淵〉に向かうのは俺とリザだけ――そうなるように誘導しなければならない。

考えている内にエレベーターは停止し、金属扉が左右に開いていく。

目に飛び込んできたのは、床・壁面・天井に至るまで全てが漆黒のタイルに覆われた廊下と、突き当たりにある純白の扉だった。

距離感が狂いそうになる空間を充分に警戒して進んでいくと、純白の扉の中央に直線の亀裂が走り、そこからゆっくりと左右に開いていった。

「……ここに外部の人間を招くのは初めてだな」

老人の嗄れた声が、奥から聴こえてきた。

〈成れの果ての覇王〉と呼ばれる伝説上の人物――アントニオ・フィルミナードが、車椅子に座ったまま深い瞳をこちらに向けていた。

重く圧し掛かってくる緊張を連れて部屋に入る。

廊下と同様に、そこは一面を黒いタイルに覆われた無機質な部屋だった。光源が解らない明かりが室内を淡く照らしていることからも、この部屋を設計した人間はよほど美的センスに自信があったのだと推測できる。

次に目に付いたのは、正方形の部屋の壁面を埋め尽くしている書架だった。黒革の装丁が施された分厚い書物が、一段一段を埋め尽くしている。

「この部屋は何なんです？」

「お前にはどう見える？　ラルフ・グランウィード」

「資料室……ですか？　それも、外部に漏らせない情報ばかりが保管されているような」

「半分正解だ。ただ、保管されているのは重要機密だけというわけではない」

「つまり、どういう」

「この場所には、フィルミナード・ファミリーが犯してきた全ての罪が記録されている」

　俺はアントニオの次の言葉を待った。

「ファミリー創設時から現在に至るまでの歴史や、数々の裏取引の証拠、葬ってきた組織や重要人物の全て——そう言った方が正確かな」

　俺は思わず書架から目を逸らしてしまう。

　アントニオが言ったことが真実なら大変なことだ。仮に資料が全て公開されれば、現代史のテキストが書き直される可能性すらある。

「初代頭領のエンリコ・フィルミナードの時代からの習わしだ。組織にとっての重要事項は、そのときのボスが自ら記録し、この部屋に保管することになっている。……俺は無駄に長く生きてきたからな。ここにある資料には全て目を通したよ」

　フィルミナード・ファミリーは、人工島が造られ始めた四〇年ほど前には既に、イレッダ地区の建設事業に一枚噛んでいたと聞いたことがある。組織お抱えの建設業者を送り込み、政府からの援助金を掠め取っていたのだ。

　その当時の資料――イレッダ地区の創世記にも等しいそれが存在するのであれば、確かに〈イレッダの深淵〉という場所に心当たりがあってもおかしくはない。

　それに、アントニオは当時からフィルミナード・ファミリーに在籍していたはずだ。この老人が語る言葉は、一単語も聞き零してはならない。

「少し、昔話をしよう」深い瞳には、滾るような意思の光が宿っていた。「あれは、まさしく激動の時代だった」

◆

　当時勢力を拡大しつつあったフィルミナード・ファミリーは、世界最大の人工島――エルレフ市イレッダ特別自治区の建設事業に一枚噛むことで莫大な利益を手に入れていた。

　今ほど情報管理が徹底されておらず、酒場に行けば犯罪組織の幹部と政府高官が談笑している様子を見ることができたような時代だ。まだ一介の構成員に過ぎなかったアントニオの耳にも、様々な情報が入って来ていた。

　埋め立てから資材の調達、道路整備や各種施設の建築まで――ありとあらゆる公共工事に、と。

入札の段階から様々な犯罪組織が絡んでいること。

エイヴィスと名乗る商人が、〈銀の弾丸〉などという怪しげなアイテムを売り捌いていること。

エルレフ市長の自宅には毎日のように最上級の娼婦が送り込まれ、貴金属や宝石の類が届けられ、不動産や優良株式の権利書が郵送されていること。

贈り物の見返りに、イレッダ地区の建設計画がもたらす利権は、いくつもの犯罪組織に骨の髄まで貪り尽くされていること。

中でも労働者の派遣事業を牛耳っていた〈ヴィクトール・ファミリー〉や、賭博場や娼館といった労働者向けの娯楽施設を運営していた〈フィルミナード・ファミリー〉の影響力は凄まじく、彼らの意見によってプロジェクトの方向性が書き換えられることもあるほどだった。

「とにかく、犯罪組織は明らかにやりすぎだ」

アントニオの呑み仲間だった情報屋気取りのジャーナリストのジェイスは、安酒のグラスを呷りながらそう指摘した。

「例の工事も、もうすぐ完工するらしいじゃねえか。下水道とは別に、人工島の地下に水路を張り巡らせるだと？　そんなもんがあれば、さぞかし犯罪行為が捗るだろうな。地下にあんな入り組んだ空間があれば、警察の目なんて絶対に届かない」

「下っ端の俺に言われてもな」

「謙遜するなよ」ジェイスは得意気に言った。「建設会社の重役会議にお前も参加してたって情報くらい、とっくに掴(つか)んでる。ただの若造だったお前が、今や完全に出世コースに乗っちまったわけだ。恐ろしいスピードだよ」

まさか次期頭領でも目指すつもりかよ、と呆(あき)れたように笑いながら、ジェイスはようやく本題を切り出した。

「で、次の大仕事は複合型カジノ・リゾートの建設ってわけか」

アントニオは否定も肯定もしなかった。

そもそもイレッダ地区とは、リゾート施設や各種企業の工場などを誘致する目的で埋め立てられた経済特区だ。最初の数年間は疑似的な低課税地域(タックスヘイブン)になることも決まっており、莫大(ばくだい)な経済効果を生むと期待されている。

当然ながら、複合型カジノ・リゾートの建設も当初の計画に組み込まれていた。エルレフ市が主体となってプロジェクト・チームを発足し、国内最大の高さを誇る超高層ビルとして産み落とすことになる。

その一大事業にフィルミナードを始めとしたいくつかの犯罪組織が絡(から)んでいることは、どの資料にも記されていない。徹底的な緘口令(かんこうれい)が敷かれ、情報を漏らした者は即座に処刑されるという不文律も出来上がっている。

だからアントニオは、否定も肯定もできなかったのだ。

「安心しろよ、別に誰かが情報を漏らしたわけじゃない。これはあくまでも、ジャーナリストとしての勘さ。それに、これを記事に書いたら消されることくらい解(わか)ってる」

何処(どこ)までも慎重で、思慮深い男だったと記憶している。

二年後に両手両足を切断されたジェイスの死体が高架道路の柵から吊(つ)り下(さ)げられていたのも、決して致命的とは言えないような、些細(ささい)で不運なミスが原因だったにすぎないのだろう。

自らの未来が塞がれているとは知る由(よし)もないジェイスは、空になったグラスをテーブルに勢いよく叩(たた)きつけた。

「別に取材じゃない。あくまでも俺自身の趣味として、激動の時代を泳いでいくあんたを追いかけさせてもらうとするよ」

呑み仲間(ジェイス)の予言通り、アントニオはそれからの数年間、まさに激動と呼ぶしかないような時代を泳いでいった。

少しずつ組み上がっていく超高層ビルが落とす影の下で、アントニオを始めとしたフィルミナード・ファミリーの面々は着々と計画を練り上げていった。全てが順調に進めば、巨大カジノ・リゾートはフロアごとに分割され、市といくつかの犯罪組織が各フロアを独立経営していく運びとなる。政府にも、大衆にも、メディアにも決して露見しない形で、光と闇が混ざり合うための枠組みが緻密に構築されていった。

アントニオの周囲にも大きな変化があった。

黎明期のイレッダ地区で流通し始めていた〈銀の弾丸〉という代物が、どうやら霊能詐欺師が取り扱うダミー商材ではないことが証明されたのだ。

〈レイルロッジ協会〉などという専門の研究機関も立ち上がり、政府や大企業が買収に躍起になった。そして、市場価格が跳ね上がったマジック・アイテムには、フィルミナード・ファミリーも当然のように目をつけることになる。

「……性能がよく解らない商材を売るには、目の前で実演してみせるのが一番。客商売の基本中の基本だ。アントニオ、俺が言っている意味は解るな？」

二代目頭領のリカルド・フィルミナードが重々しく言った。

「もちろん、ボスのご所望とあらば」

銀の弾丸を自らの心臓に埋め込み、異能の力を扱う化け物になる。その力によって敵対組織を一つか二つ壊滅してみせることで、〈銀の弾丸〉の有用性を市場に知らしめる。

世迷言としか思えないような命令。

だが、アントニオには断る理由など一つもなかった。

人生に絶望していたから、などではない。ただ単に、自分は拒絶反応などでは死なず、人間兵器としての実力を証明し続けられるという確かな自信があったからだ。そうして組織内での影響力を高めていけば、いずれリカルドに養子に迎えられ、次期頭領の座に就けるという鮮明な予感があったからだ。

程なくして銀使い（シロガネ）となったアントニオは、己自身の肉体と狂気をもって、〈銀の弾丸〉の有用性を証明し続けていった。裏の世界におけるフィルミナード・ファミリーの影響力は加速度的に高まり、大きな貢献を果たしたアントニオは、二〇代半ばにして最高幹部にまで昇り詰めていった。

人生において、これほどまでに生の実感を味わってきた瞬間などなかっただろう。

闘争が産み落とす歓喜と興奮以外、彼には何もいらなかった。

「恐らくお前は、あと一〇年もしないうちに組織を継ぐことになるだろう」

あるとき、一面が黒いタイルに覆われた部屋に呼び出されたアントニオは、リカルドの重々しい言葉を受け取った。

「だからこそ、お前だけには先に伝えておかなければならない」

「……いったい何です？」

「市長がもうじき逮捕される」

その後に続く言葉は予測できた。

このまま捜査が続けば、市長が各犯罪組織から賄賂を受け取っていたことが露見するだろう。

当然、カジノ・リゾートの建設計画にフィルミナードが関わっていることも公になる。

政府はイレッダ地区に銀使い（シロガネ）たちで構成された特殊部隊を送り込み、ドブネズミどもの駆除活動を始めるだろう。もし仮に壊滅を免れたとしても、今組織が街から受け取っている旨味は全て消えてなくなる。

だから、そうなる前に――――。

「市長を消してこい、アントニオ。俺とお前以外の誰にも事情を明かさず、捜査令状が発行される明日までに、だ」

真実が暴かれる前に市長を切り離し、プロジェクトごと闇に葬る。

組織が被る被害を最小限に抑えるには、それが最適解だった。

「解りました。今すぐにでも」

アントニオの行動は早かった。

その日のうちに市長は原因不明の心臓麻痺によって死去し、政府主導の捜査本部は解体された。カジノ・リゾートの建設計画は犯罪組織たちの合意のもと放棄され、地上三〇メートル地点まで組み上がった巨大な鉄屑だけが残された。

イレッダ地区全体の開発はその後数年間ほど続いたが、カジノ・リゾートという収益の柱を失った影響は大きく、どう足掻いても採算が取れなくなると判明した。やがて大企業やエルレフ市は、負債がこれ以上増える前に事業から撤退していくことになる。

既に犯罪組織の温床となっていた人工島が、世界最悪の犯罪都市へと墜落していくのにはそう時間はかからなかった。

◆

「イレッダ地区が〈成れの果ての街〉に変わったきっかけは、間違いなくあの殺人だった。もっとも、フィルミナードがやったと知る者はほとんどいないがな。この部屋に収められている資料だけがそれを知っていればいい」

　口の中が急速に乾いていくのを感じた。

　様々な噂が流れ、そのたびに否定され、また新たな噂が生成されてきたイレッダ地区の創成の真実。今俺は、それを張本人の口から聞いている。

「つまり、〈イレッダの深淵〉とは……」

「ああ。建設途中の超高層ビル——かつてのカジノ・リゾート計画の残骸こそが、お前が求めているもので間違いない」

　遙か高みを目指し、半ばで放棄された欲望の巨塔。

　この人工島の、全てが始まった場所。

　イレッダという街を強烈に皮肉る象徴として、誰もが呆れとともに見上げている廃墟に、ハイルは根城を張っているのだ。

「〈イレッダの深淵〉……ああ、確かにそう呼ばれていたような気がする。この街を墜落させた原因となった、世界で最も暗い淵にある場所。最も高い場所を目指して建築されていたというおとぎ話への、皮肉の意味も込められているのだろう」

「それを知る者はどれくらいいるんですか？」

「当時の、耳が早い噂好きどもの間で語られていた程度だ。その呼称を知っているような人間などそうはいない。この人工島では、長生きできる人間自体珍しいからな」

だとすれば、ハイルはどうやってその場所に辿り着いたのか。

――〈魔女の関係者〉とは、いったい何処の誰なんだ？

アントニオに訊くわけにはいかない疑問が膨れ上がっていくが、今は無視でいい。どうせ、〈イレッダの深淵〉とやらに行けば全てが解る。

「正式名称が決まる前に放置され、今は老朽化が進んだただの廃墟でしかない場所だ。そこにハイル・メルヒオットがいるとして、奴はいったい何をするつもりだ？」

明かしてもいい情報を慎重に選別して、何とか回答を紡ぐ。

「さあ、俺にも解りません。一つ言えるのは――」

「あの少女娼婦を救い出さなければならない。いやそれとも、ハイルへの復讐を果たさなければならない、か？」

隠すはずだった俺の想いを正確に言い当て、アントニオは微かに笑った。

「少女娼婦の方は好きにすればいい。ダレンはあれを使って何かを企んでいるようだが、俺からすれば実用性に欠ける生体兵器にすぎない。学術的には確かに凄まじい価値があるのだろうが、それだけだ。俺の組織には必要ない」

俺への配慮から来る台詞などではなかった。

アントニオは本当に、シエナという存在をどうでもいいものだと思っている。誤って殺してしまっても問題ないというくらいには。

「ただ、ハイル・メルヒオットだけは我々の手で確実に殺す。お前のくだらない復讐など、取るに足らないことでしかない」

「……目の前に奴がいたとして、あなたのために見逃せる自信はありません」

「別にこれは懇願ではない。勿論警告でもない。ただの願望を口にしているわけでもない」

アントニオの瞳には、凍てつくような殺意が揺らめいていた。

「もう既に、手は打ってある」

冷たい雨に晒されて変色した、シャルロッテの死に顔を思い浮かべる。

フィルミナードなら、ハイルを徹底的に残虐に非人間的に殺してくれるだろう。それで贖罪は済むはずだ。死んだ恋人の魂が救われることなど永久にないのだとしても、少しの気晴らしくらいにはなるかもしれない。

一方で、自分自身の憎悪を慰められる自信が俺にはなかった。

次に奴を目の前にしたとき、俺が俺のままでいられる保証など何処にもない。

境界線の内側に踏みとどまっていられる確信など、持てるはずもない。

荒れ狂う感情の渦から逃れるために、俺は喘ぐように呟いた。

「……そういえば、何故あなたは俺にこのことを教えてくれたんです？」

アントニオは口を閉じ、しばらく思案したあと、慎重な口調で言った。

「今まさに、イレッダ地区は第二の転換期を迎えている。全てが終わった後、これまでとは全く違う秩序が形成されることになるだろう。……もしかすると俺はそこで、弱き者たちに何ができるのか――時代のうねりにどう抗うのかを見てみたいのかもしれない。為す術もなく潰されるのか、それとも泥に塗れた生を摑み取るのか……」

長い沈黙のあと、アントニオは静かに呟いた。

「……ああ、俺も随分と老いたようだ」


しばらく残ることにしたらしいアントニオに別れを告げて、俺は部屋の外に出る。

黒一色の廊下を抜けると、エレベーターの前に見慣れた顔が見えた。感情が読み取れない種類の表情で、ダレン・ベルフォイルが壁に背を預けて立っている。

「何故あんたがここに？」

「どうせ、お前から訪ねてくるつもりだっただろ？」

図星だった。

ハイルとの最終決戦の前に、準備を入念に整えておく必要がある。戦争の真っ只中にあるフィルミナードから貴重な武器弾薬を買うには、強権を発揮できる最高幹部に話を通さなければならない。

ところでダレンがここにいるということは、アントニオは俺と会うことを事前に伝えていたということになる。

つまりこの男は、アントニオが救われるつもりなど毛頭ないことを知っている。

「……アントニオは、ハイルを殺すと言っていた。捕まえて情報を訊き出すのではなく、ただ殺すのだと」

「ああ、勿論知ってるよ」ダレンは到着したエレベーターに先に乗り込んだ。「俺はどうやら、あの人の覚悟を見誤っていた」

ハイルを殺せば、銀使いを媒体にして悪魔を喚び出すという理論を放棄することになる。アントニオは死後に魂を悪魔に喰われるという輪廻から抜け出せず、無抵抗のまま地獄に堕ちていくしかない。

それを承知の上で、アントニオはハイルを殺すと言ったのだ。

犯してきた罪を贖うためか、それとも何か宗教的な理由からか。彼が何故、そのような決断を下したのかを窺い知ることはできない。

それでも、長年仕えてきたダレンにだけは理由が解るようだった。全てを受け入れ、主君が地獄に堕ちる様を目に焼き付けてやるという強烈な意思が、全身から確かに溢れ出している。

エレベーターから降り、人気のない通路を歩いていく。

俺たちは喧騒に満たされたホールを横目で見つつ別のエレベーターに乗り、今度は地中深くへと降りていった。

「……念のため言っておくが、俺はシエナ・フェリエールの保護まで諦めたわけではない」

「アントニオを救うことはもうできないのにか？」

「あの人は恐らく、最期の瞬間までフィルミナード・ファミリーの現頭領として正しい判断をし続けるのだろう。だとしたら俺も、最高幹部の一人として組織の利益を最大化する選択をしなければならない」

これだけ混沌とした事態なら、誰が情報を吐いたとしても関知する術はない。尋問か取引を経て、他の五大組織がシエナの特異体質を知ることになったとしてもおかしくはないだろう。

もしそうなれば、フィルミナードがシエナの身柄を押さえているという事実そのものが有利に働くに違いない。

たとえ、悪魔を召喚することなど永遠にないのだとしても。

「……仕方ない。俺があんたでもそうするよ」

「少しは演技の練習をした方がいいな」開いていく扉の前で、ダレンは皮肉混じりに微笑んだ。

「今にも襲い掛かってきそうな表情だ」

　この男は俺たちとシエナの関係性を正確に見抜いた上で、それを利用して俺たちを操縦しようとしているのだ。今更平静を装ってみても無駄らしい。

「どちらにせよ、俺たちにフィルミナードと対立するだけの力はない。……まあ、何かの弾みでシエナを攫ってしまう可能性もあるかもしれないけど」

「俺がそれを許すとでも？」

「故意じゃない場合なら大丈夫だろ？」

　ダレンは呆れたように笑った。

「……お前と話していると、久しぶりに人間を相手にしているような感覚になるよ」

「いきなり何だ？　家庭と職場で居場所を失ってるのか？」

「だが、お前はある一点において、そこらの銀使いよりもよっぽどイカレている」岩壁のような背中からは、この男の表情を読み取ることはできない。「なあ、たった一人の少女娼婦のために、何故お前は全てを賭けられる？」

「……言ってる意味が解らないな」

「このまま全てを放棄して逃げた方が安全だろう。死んで地獄に堕ちるよりは遥かにマシだ。それなのにお前は、ただ一人の少女娼婦のために地獄の淵を進もうとしている。……何がそこまでお前を駆り立てている？」

　静寂が容赦なく降りてきて、二人分の靴音だけが虚しく響く。

俺は、この問いにだけは、嘘も皮肉もなく答えなければならないと思った。

躊躇も打算もなく、ただそう思った。

「……別に、シエナのためだけじゃない。銀使いになる前から薄汚い犯罪者だった俺が、今更自己犠牲の精神に目覚めたわけでもない」

こちらを振り向いたダレンの目を見て、俺は続けた。

「ただ人間であり続けるために。境界線の内側に踏みとどまり続けるために、俺はシエナを救い出さなければならないんだ」

「……そうか」

お互いに、譲歩できる余地などはない。

言えば全てが終わりになる言葉を呑み込んで、俺たちは容赦のない沈黙を受け入れた。


一フロアを丸ごと使った武器倉庫に到着してからは、俺たちは事務的な会話を進行させることに集中した。

天井に届く高さの棚に並べられた危険な玩具を見て回りながら、必要なものを一つずつピックアップしていく。戦争中というだけあって在庫は枯渇しているが、化け物二人が戦うだけの量は問題なく残っている。

「武器も弾薬も、このくらいあれば充分だ。支払いは電子通貨でもいいか？」

「もっと最新の兵器もあるぞ。そちらはいいのか？」

「いくら強力だろうと、使い慣れてない道具には実戦じゃ頼れねえよ」

申し出を断って契約をまとめようとしたとき、俺は電撃のような閃きに見舞われた。

これから行く場所には、ラーズ・スクワイアという化け物が居座っている。ハイルに心酔した銀使いが他にもいる可能性も否定できない。そして何より、俺たちの戦闘能力がいきなり覚醒するような奇跡など絶対にあり得ない。

奇跡に運命を委ねるのなら、もっと可能性の高い方法を選ばなければならない。だとしたら、この破滅的な閃きに従う以外に道はないのではないか？

幸い、まだ予算には少し余裕がある。

そもそも俺たちには、先のことを考える必要など元からないのだ。

「……ダレン、今から言うものを用意できるか？　有り金は全部出す」

◆

ハイヒールが打ち鳴らされる軽快な音が、死体が溢れかえる路面を渡っていく。極度の疲労で霞んできた目を擦りながら、モニカ・モズライトは目的地へと歩いていた。

改造動物たちを操るには、本人の意識が保たれている必要がある。いくら彼女が銀使いといえど、三日間にわたり一度も睡眠を取れていない状況は流石に堪えた。

だがこの仕事も、あと半日で終わる。

ハイル・メルヒオットが〈イレッダの深淵〉にて計画を実行に移してしまいさえすれば、改造動物を使ってロベルタの構成員たちを支配する必要もなくなるのだ。

「……今の私は、少し機嫌が悪いのですが」

心の底からうんざりした表情で、モニカは吐き棄てた。

ハイルから課された殺害目標はもう完遂している。だから疲労を最小限に抑えるために、わざわざ戦場から離れた場所を目指して歩いてきたのだ。

それなのに何故、目の前にこの女がいる。

「やっと会えた記念に、握手でもしてみない？」

フィルミナード・ファミリーが誇る最高戦力の一人、薔薇の女王という大仰な異名で畏れられている伝説級の銀使い――ジェーン・ドゥが微笑を携えて立っていたのだ。

彼女が纏うスーツの鮮烈な赤と、死の静寂に沈んだ路面の灰色のコントラストが、絵画的な雰囲気を形成していた。

「今、あなたと関わっている暇はありません。ヴィクトリア・エドモンドさん？」

「あはは、私の姿はおろか……本名まで知られているなんてね」

ヴィクトリア・エドモンド。

かつて、映画女優として頂点に君臨していた有名人。彼女が事故死したとされる三〇年ほど前にはまだモニカは生まれていないが、それでも存在は知っていた。彼女は流行の産物として消費されていく有象無象とは格の違う、いわゆる『国民的スター』に分類されるほど超越的な存在だったのだ。

そしてその正体は、自らの容姿を自由自在に変える能力を持つ銀使いだった。

数年前からフィルミナード・ファミリーに所属し、誰にも姿を掴ませなかった実体のない怪物について、モニカは確かな情報を得ている。

「ラーズさんから話は聞いてますよ。犯罪組織の追っ手から逃げるために、事故死を偽装したんでしょう？」

「……彼が告げ口したわけね。ヴィクトリアを殺した理由は間違ってるけど」

「あなたはまさか、不老不死だったりするんですか？」

「不死の方は、流石に過大評価かな」

「貴重な実験体として、少し解剖させてもらっても？　ヴィクトリアさん」

「駄目。私はただ、あなたと仲良くなりに来ただけなのに。……ああそれと、今はジェーン・ドゥと呼んでくれると嬉しい」

「……名無しですか。ふざけてますね」

周囲を偵察させていた大型犬数匹に、標的の背後から忍び寄るよう命令する。上空からは鉤爪に毒を仕込んだ烏、瓦礫の中には爆薬を抱いた鼠、白衣の内側には口から銃口を生やした蜥蜴も待機させている。

まさしく盤石の構えだった。

ただ容姿を変化させるだけの能力で、この包囲網から抜け出せるはずがない。

「少しの緊張と、揺るぎない自信を孕んだ表情……。あ、もしかして私を殺せるとでも考えてる？」

「それは牽制ですか？」

「いや、微笑ましいなって思っただけ」

ジェーン・ドゥの美しい顔が歪んだ。

それは決して比喩などではなく、目や鼻や口といった顔面の構成要素が水に溶けるように歪んでいき、渦を巻いて混ざり合い始めたのだ。身体の方も同じだった。骨格が音を立てて組み換えられていき、男性的な筋肉質の肉体へと変化していく。

たった数秒で世界的女優の姿は彼方へと消え去り、疲れ切った瞳をした金髪の青年が目の前に現れた。ジェーンは不愉快な賞金稼ぎの片割れ――ラルフ・グランウィードを、表情や服装に至るまで完璧に再現してみせたのだ。

「……どういうつもりです？」

モニカは動物たちに指示を送れないでいた。この女がこれからどんな行動を取るのか、全く想像がつかないからだ。

「あなたを無力化するには、この姿が一番最適かなと思って」

薄く微笑(ほほえ)んで見せたジェーンの両手には、短機関銃が一挺(いっちょう)ずつ握られていた。

衣服に隠しておくには大きすぎる代物。まさかジェーンは容姿だけでなく、銀(シロガネ)使いの能力までも模倣(コピー)してしまえるのだろうか？

突発的な混乱に襲われたモニカは、慌てて改造動物たちを標的に襲い掛からせた。

「ペットたちは無駄死にするわけだけど、それでいいの？」

ジェーンは優しく諭すような口調で笑い、短機関銃の引き金を引き絞った。

背後から迫っていた大型犬の頭蓋が弾(はじ)け、烏(からす)が羽毛を撒(ま)き散(ち)らして墜落し、鼠(ねずみ)が標的に辿(たど)り着(つ)く前に爆発し、殺戮(さつりく)の余韻すらも轟音(ごうおん)によって掻(か)き消(け)されていく。

一瞬で有利な盤面をひっくり返されても、まだモニカは冷静だった。眼鏡の奥の瞳を冷たく光らせながら、敵の意識の外からの攻撃を実行する。

赤いハイヒールに踏みつけられた路面に亀裂が走り、二匹の白蛇が飛び出していく。頭部から切削機(ドリル)を生やした異形の生物は、凄(すさ)まじい速度でジェーンの心臓を目指した。

「裏をかくなら、最後まで慎重にやらないと」

ジェーンはモニカの奇襲を読み切っていた。

短機関銃を二振りのナイフに切り替え、白蛇の突撃を躱(かわ)しながら胴体を輪切りにしていく。

体液を撒き散らしながら絶命していく生物兵器たちが落下するよりも早く、ジェーンが地面を蹴って跳び上がった。

　太陽を背に落下してくる男の姿に、モニカは恐怖を隠すことができなかった。

　懐に忍ばせていた蜥蜴の口から無数の銃弾を撒き散らしたが、頭上に突如現れた巨大な鉄の塊によって完封される。それが鋼の翼を生やしたプライベート・ジェットだと気付いた時にはもう、モニカの口からは乾いた笑いしか出なくなった。

　反動が大きく精密射撃など不可能な短機関銃で、一匹ずつ確実に手札を潰していく技巧。

　一瞬の迷いもなく奇襲に対応する判断力に、咄嗟のアイデアを実現するだけの身体能力。

　資金も潤沢らしく、喚び出された鈍器のスケールまで圧倒的だった。

　――そもそもの基本性能が違いすぎる。

　だからこれは、容姿と能力をコピーするなどという範疇ではない。

　この女は規格外としか言い様のない基本性能を駆使して、コピー元となった銀使いを遥かに上回る精度で〈銀の弾丸〉の能力を引き出してしまうのだ。

「〈薔薇の女王〉って渾名が、ハッタリじゃないって解ってくれた？」

　巨大質量によって押し潰されることを覚悟していたモニカは、己の世界が未だに崩壊していないことに驚いた。

　祈るような想いで、声のした方を振り向く。

既に巨大な鉄の塊は消えている。だがその事実は安全を保障してはくれなかった。微笑を浮かべる男の傍らに車輪付きの榴弾砲が召喚されていたからだ。

戦車や軍用ヘリすらも破壊できるような類の兵器だ。こういう接近戦には適さない、単なる威嚇用の代物だと解っていてもなお、押し潰すような威圧感は確かなものだった。

「……反則ですよ、あなた。どうして他の能力まで……」

「〈銀の弾丸〉の悪魔は、個体間で生体情報を共有している。なら、私がコピーした相手の能力を使えるのも当然でしょ？」

「……生体情報を？　そんなの初耳ですよ。……あなたは一体、どこまで」

圧倒的な実力差に加え、疲労の蓄積で思考も正常に働かない。臨戦態勢を取っているように見えても、その実モニカは完全に戦意を喪失してしまっていた。

隙ができたのは僅か一瞬、致命的とは呼べないほどに短い時間だった。

だが、薔薇の女王がその瞬間を見逃すことはあり得ない。

モニカの身体が硬直する僅かな時間――一秒にも満たない間隙を突いて、ジェーンは間合いを一気に詰めた。

ようやく反応して回避行動を取ろうとしてももう遅い。新たに召喚された注射針がモニカの細い首に突き刺さり、薬剤が完全に注入されてしまったのだ。

「安心して？　あなたの能力も便利そうだから、しばらくは生かしておいてあげる」

薄れゆく意識の中で、体温が唇に触れるのを確かに感じた。

「まあ、二度と目が覚めることはないかもしれないけど」

人の気配のない昼下がりの街を、笑い声が響き渡っていく。

ジェーンは化学物質によって眠りに誘われたモニカを優しく抱きしめたまま、涙すら流しながら、咽(むせ)ぶように息を詰まらせながら、ラルフ・グランウィードの姿のまま笑い続けた。狂ったように笑い続けた。

唇を重ねた瞬間、脳内に流れ込んできた無数のイメージ。

銀使い(シロガネ)の歪(ゆが)んだ主観(レンズ)を通して視(み)た、幾つもの記憶の欠片(かけら)。

ジェーンはそれらを繋(つな)ぎ合(あ)わせることで、ハイル・メルヒオットが企(たくら)んでいる計画と、その目的の全てを理解した。

それがあまりにも常軌を逸していたから、息ができなくなるまで笑うしかなかったのだ。

「ああ……あなたは完全にイカレている」

ジェーン・ドゥは金髪碧眼(へきがん)の美女の姿へと戻っていく。目尻にまだ残る光の粒を手で拭いながら、愛おしそうに呟(つぶや)いた。

「それは確かに、誰もが一度は考えることなのかもしれない。だけど、まさか本当に実現しようとするなんて」

ハイルがやろうとしていることも、それを知らず利用されている者たちも、精神の怪物に無謀な対決を挑もうとしている賞金稼ぎたちも、全てが愉快で仕方なかった。

最前列で見届けなければならない。ジェーンはまた歩き始めた。

きっとそれが、永遠を生きる観劇者としての使命なのだろう。

14

Before Your World Is Overwhelmed

MAD BULLET UNDERGROUND

「それで、どうだった？」

「何が？」

「だから、秘密の特訓の成果はどうだったたって聞いてんだよ」

俺の問いに、リザは否定も肯定もしなかった。紅い瞳に宿っている無駄な自信を見る限り、満足のいく状態にまでは仕上げているのかもしれない。

「あんたこそ、ジジイとの密会はどうだったの」

「それはもう、濃密な時間を過ごしたよ」

「は？　気持ちわる」

「お前のジョークに乗ってやっただけだろ。理不尽にもほどがあるな」

武器の調達も済ませ、リザの特訓とやらも終わり、俺たちはフィルミナード本社ビルの地下にある駐車場を歩いていた。「借りたら返す」という薄紙のような約束の元でプレゼントされた高級車に乗り込むなり、煙草を取り出して火を点ける。

有害物質との久しぶりの再会を味わっていると、サイドガラスを外から叩く音が聞こえた。いつからそこにいたのか解らないが、ダレン・ベルフォイルが何かを持って車の側に立っている。

最高幹部が何か言いたげな表情をしていたので、窓を下げてやることにした。

「まだ何か用が？」

「これを渡しに来た」

受け取ったのは、合計七枚の黄ばんだ紙だった。

いくつもの直線と記号で構成された図面。それはまさに〈イレッダの深淵〉と呼ばれていた高層ビルの設計図だった。数字はほとんど掠れていてロクに読めないが、大まかな構造や部屋の配置、階段の場所などは解る。

「何せ、三〇年も前に放棄された計画だ。残存している資料はそれだけしかない」

「いや、充分だよ。まさか残っているとは思わなかった」

あまり期待せずに依頼だけしていたが、これは思わぬ収穫だった。

「おかげで、階段の場所が解らず時間切れ——なんて間抜けな事態は回避できそうだ」

ダレンがここまで協力してくれるのは、善意によるものだけではないことは解っている。アントニオの言葉がハッタリではないのなら、ハイルを殺すための策が俺たちの知らないところで進められているのだ。俺たちは、場を掻き回して敵の注意を逸らさせるための囮とでも見做されているのだろう。

一方の俺たちも、ハイルを殺し、フィルミナードすらも欺いてシエナを解放するという結末を目指している。

腹の底に真意を隠しているという意味ではこちらも同じだった。

「では、幸運を祈る」

「ああ。全部終わったら、また仕事を受けてやるよ」

作り物の笑顔のまま挨拶を交わし、俺はアクセルを踏み込んだ。

超高層ビルになりきれなかった巨大な鉄屑（てつくず）が、一秒ごとに存在感を増していく。

俺たちは、紛争で荒れ果てた路面を最高速度で進んでいた。

無造作に転がる死体や瓦礫（がれき）を避けなければならないのが面倒だが、車やギャングどもの姿はほとんど見えない。襲撃対象となるフィルミナードの重要拠点もなく、イレッダ地区から脱出するにしても遠すぎる中心部に用があるような物好きなど、そうはいないということだろう。

決戦の刻がすぐそこまで迫っている。

緊張を少しでも紛らわすために、助手席のリザに声をかけた。

「どうした、いつになく深刻な表情だけど。死期が近いのか？」

「今必死に、隣にいるバカを殺したい衝動に抗（あらが）ってるの。運転中だし仕方なく」

「お前が正常な判断をできるようになったことに驚いてるよ。薬の種類でも変えたか？」

「あんたこそ、いつもみたいに全身震わせて泣き喚（わめ）かないでいいの？　注射が怖いガキみたいにさ」

「俺がいつそんな醜態を晒（さら）したよ」

「ずっとそうだったじゃん」リザは喉の奥で笑った。「最初に会ったときなんか酷（ひど）かった」

「覚えてねえな」

「グラノフに騙(だま)されて酒場に連れてこられたことがあったでしょ。あんたは一言も喋(しゃべ)らないで、ずっと自殺志願者みたいな面で酒を呑(の)んでた」

「……まあ、あのときは色々あったんだろ。多分な」

「記憶にすら残ってないわけ？　めちゃくちゃ重症じゃん」

　シャルロッテを喪(うしな)い、望まない形で銀(シロガネ)使いになってしまった当時の俺は、不明瞭な意識のまま日々を浪費していた。運び屋紛(まが)いの仕事をやっていた頃から顔馴染(かおなじ)みだったグラノフに酒場に呼び出されたことは何となく記憶にあるが、その場にリザもいたとは気付かなかった。

「あの後、あんたのお守りを安請け合いした自分を呪ってやりたいね。だって、最初の仕事で死んでくれると思ってたし」

「俺が覚えてるのはそこからだな。知らない奴(やつ)といきなり組まされて、犯罪組織への襲撃を命じられた」

「あんたは笑えないほど使えなかった。その割に中々死んでくれないしさ」

「初心者だった時期は誰にでもあるんだよ」

「今一流になれてる奴(やつ)にしか許されない台詞(せりふ)でしょ、それ」

「俺の認識ではそうだけど」

「目でも腐ってんの？　それとも脳？」

「お前こそ、上手に人語を喋れるようになったな。目覚ましい成長だ」

「あ？」

「最初の頃は酷かっただろ。一〇秒以上会話が続いたことなんてなかったぞ」

「どうせすぐ死ぬ雑魚と交流を深める気なんてなかっただけ」

「見立てが甘かったな。まだしぶとく生き残ってる」

「私が助けてあげなかったら何回死んだと思ってんの？　八割以上は私のおかげでしょ」

「待て、それは言いすぎだ」

「妥当な線だと思うけど」

「俺が助けてやった場面だってあっただろ」

「いつ？」

「……まあすぐには出てこないが、きっと何回かあったはずだ」

「そういうことにしといてやる」

「譲歩してくれて光栄ですよ。……しかし、もう二年が経ったんだな」

「……ああ、もうそんなに？」

「最初の仕事も、ちょうど今くらいの時期だっただろ？」

「そうだっけ」

「当時は車すらなかったからな。クソ暑い中現場に歩いて向かってたのを覚えてる」

「そっか、もう二年か……」

「しかし長かったな……。ここまで耐えてきた自分を褒めてやりたい」

「私も、よく殺意を抑えてこれたって思うわ」

「……全然抑えられてなかったんですが」

「言いがかりはやめてよ」

「何回お前に刺殺されそうになったと思ってる？」

「ただじゃれてただけでしょ。まさか本気にしてた？」

「なあ、ずっと言わなかったけど、まだ残ってる傷痕だってあるんだからな」

「あれは全部訓練の一環なの。たとえ日常生活の中でも油断はしちゃいけないっていう」

「一片の曇りもない目で言うな。危うく真実だと思いかけただろ」

「私が嘘ついたことなんて一度でもある？」

「現在進行形で記憶を捏造してるじゃねえか」

「あんたの方から懇願してきたの忘れたの？　頼むから、定期的にナイフで切りかかってきて下さいって」

「ほら、今また捏造を！」

「これ以上はしゃいでると、また訓練が始まっちゃうけど？」

「……てめえ、全部無事に終わったら覚えてろよ。絶対に殺してやる」

「はっ」リザは窓の外を向いたまま笑った。「だったら生き延びてみろよ」

殺意を噴出させる代わりにブレーキペダルを踏み込む。俺たちは互いに罵声を浴びせ合いながら扉を開け、道路の中央に車を放置して歩き始めた。

立ち入り禁止、という無力な注意書きが施されたテープをリザがナイフで切り裂き、瓦礫が散乱する敷地内へと入っていく。建設途中で放棄されているとはいえ、円柱状の建築物の威容は凄まじかった。空高く昇った太陽を完全に遮って、辺り一帯に巨大な影を落としている。

しばらく歩くと、窓ガラスすら嵌っていないエントランスが大口を開けて俺たちを出迎えてくれた。

「……いよいよだな」

「ラルフ、足だけは引っ張らないでね」

「こっちの台詞だよ」

これが最後かもしれない。

そんなことは、お互いに言わずとも解っている。

それほどまでに敵は強大で、俺たちの策は博打めいていて、世界は相変わらず不条理だった。

恋人を殺された上、生き残るために化け物にならなければならなかった男。仲間を殺された痛みから逃れるために、化け物にならなければならなかった女。悪い運命に導かれて出会っただけの俺たちの間には愛情も友情も存在していない。

だがそれでも、ともに地獄を進んでいく道連れにはなれたのだ。

それで充分だと、俺は思う。

一つの儀式として、煙草(たばこ)を地面に叩(たた)きつける。

残り火を靴裏で躙(にじ)り消し、咥内(こうない)に残っていた煙を吐き出しながら言ってやった。

「準備はいいか、リザ?」

「もちろん」

「……よし、行こう」

◆

誰かの叫び声が聴こえる。

激痛で朦朧(もうろう)とする意識の中で、シエナ・フェリエールはぼんやりと認識した。

断末魔と呼ぶにはあまりにも長く、それ以外の何かと呼ぶには絶望の度合いが大きすぎる。

まるで、永遠の責め苦が訪れることを知っている罪人が、世界に憎悪(ぞうお)の痕跡を残そうと試みているような、そんな種類の絶叫だった。

次に自覚したのは強烈な渇きだった。

口の中がからからになり、喉の奥が干乾(ひから)びて裂けていくような痛み。

そこでシエナはようやく、叫び声を上げているのが自分自身だと気付いた。

もはや声もほとんど嗄れて、微かに空気を震わせることしかできていないというのに、絶叫が止む気配はない。

全身の皮膚を突き刺して侵入してくる何かの気配。

同時にもたらされる激痛と不快感。

それらが半日以上続いていても、慣れる予感など全くない。

耐え難い苦痛の波が、心が完全に壊れてしまう境界線の付近を行き来しているのだ。いっそこのまま狂ってしまえればいいのにと、ずっとそんなことばかりを考えている。

「そろそろ潮時、ですね」

感情のない平淡な声が、耳元で聴こえた。

音量の調節を間違えたような大声がいつまでも鼓膜を震わせている。おかしいのは目の前の男ではなくて、感覚が過敏になりすぎた自分の方なのだ。シエナはほとんど他人事のように、耳鳴りの中でそう思った。

声の主——穏やかな笑みを顔面に貼りつけた精神の怪物は、磔にされているシエナを満足気な表情で眺めた後、再び口を開いた。

「エイヴィスさん、こちらの準備は整いました。人工島で銀使いたちが大量に死んでくれたおかげで、彼女の能力はもはや完全に覚醒している」

――もうやめて。

言語を伴わない絶叫では、彼女の絶望を掬い取ることはできない。

「恐らく今の彼女には……銀の弾丸の悪魔の、姿形すらも鮮明に見えているはずです」

自らがまだ正気を保っていることを心から呪いながら、シエナは冷たい瞳で観察してくる男たちを睨み返すことしかできなかった。

ハイルに問い掛けられた老人が、徐に口を開く。

「ならばもう、儀式を開始してくれ。私の方はいつでも大丈夫だ」

「予定時刻までまだ三〇分もありますよ。それに、観測者もまだ到着していません」

「お前と、お前の部下二人だけで充分だろう。それだけいれば、確実に彼女は世界に記録され続ける」

ハイルは少しだけ寂しそうな表情を浮かべた後、肩を竦めてみせた。

「……まあ、最初に決めたことですし。あと少しだけ待ってみましょうよ」

「好きにしろ」

激痛と絶望に犯され続けながらも、シエナはこの二人が何をやろうとしているのかを朧気に聞き取っていた。その上で、理解することが全くできずにいた。

そんなことを、本当に実現できるというのだろうか。

もし実現できたとして、そこに何の意味があるのだろうか。

人工島を破滅させ、全ての命を呑み込んだあとに、何が残るというのだろうか。

——この怪物たちは、いったい何を考えているのだろう。

感情というものの実在を、そこに認めることはどうしてもできなかった。

彼女の疑問を吹き飛ばすように、また苦痛の波が襲い掛かってくる。

◆

俺は立ち上がり、〈イレッダの深淵〉の荒れ果てた内部を見渡してみる。

内装工事に辿り着く前に建設計画が放棄された超高層ビルには、間仕切りや照明すら設置されていない。コンクリートは所々が剥がれており、天井から剥がれ落ちた微細な破片が足元に散らばっているような状態だった。

築三〇年とは思えないほどに老朽化が進行しているのは、ガラスの嵌っていない窓から直接浸入してくる雨水や直射日光を、剝き出しのコンクリートが無抵抗に受け止め続けていたのが原因だろう。

「ラルフ、そっちはもういい？　急がないと」

腕時計を見ると、儀式が開始される正午まであと二五分に迫っていた。想定よりも時間がかかりすぎている。

「階段は見つかったか？」

「こっち」

リザの声が聴こえた方向に、俺も慌てて向かう。

無造作に散らばる瓦礫を踏み越えて奥へと進むと、一際粗末な造りの非常階段が見えた。エスカレーターが施工される前に棄てられたせいで、こんな不親切な場所にある階段を使わなければ上階に進むことすらできない。

「声は上の方から聴こえるんだよな？」

「わざとらしいほどくっきりとね。誘い込まれてるだけだろうけど」

「まあ、行く以外の選択肢なんてねえだろ」

制限時間を脳の表面に貼り付けたまま、俺たちは階段を駆け上っていく。

一二階付近に到着した頃には、疲労の蓄積が笑えないレベルになっていた。もう一人の化け物の方は別として、全身に深い傷を負った状態でこれだけの距離を走るのは常人には辛すぎる。

全身の痛みと副次的に発生する高熱によって、いつ倒れてもおかしくはない。もはや、気力だけで身体を動かしている状態だった。

「キツそうなところ悪いけど、敵襲だよ」

「はあ？　ふざけてんじゃねえぞ空気読め！」

罵声を上げる俺を無視して、リザが忌々しく呟いた。

「上から降ってくる」

降ってくるのが人間ではない何かで、それが一匹ではないことを告げなかったのはリザなりの嫌がらせなのだろう。

顎が外れるほど開かれた口から、七本指の巨大な黒い腕を生やした壮年の男。

腹に空いた大穴から零(こぼ)れた一本の太い触手に、自らの首を絞められている若い男。

左腕が腐り堕(お)ち、代わりに黒光りする棘(とげ)のようなものをいくつも生やしている女。

痛みを伴う既視感が俺を襲う。

こいつらは、こいつらはまさか。

「避けるのが先でしょ、死にたがり野郎っ！」

リザに襟首を掴(つか)まれて、化け物どもの直撃を何とか回避。無様に階段を転がっていく三匹へと、俺は短機関銃の銃口を向けた。

——在庫処分。

さっき内心で呟いた言葉が脳裏を過ぎる。

俺の予感が正しければ、こいつらはハイルによって悪魔の媒体にさせられた、計画に不要な構成員たちだ。しかも適合手術に失敗したらしく、能力の発動はおろか二足歩行すらままならない様子だった。

不明瞭な呻(うめ)き声を上げながら、哀れな怪物たちは必死に階段を這(は)い上ってくる。

こいつらは、俺たちを殺すという実現不可能な命令だけを与えられて放り出されたのだ。

俺には彼らの白濁した瞳が、「殺してくれ」と叫んでいるようにしか見えなかった。

言語化できない曖昧な何かが、俺の中で音を立てて壊れていく。

「ハイルっ!!」

俺は立ち止まり、絶叫とともに短機関銃の引き金を引き絞った。

鳴り響く轟音に連動して、階下で蠢いている化け物たちの身体が弾けていく。黒血が壁や天井にまで飛び散り、異形の腕や触手や棘が爆散し、不可逆的な死の気配が辺りに立ち込めていく。

哀れな構成員どもを殺したところで、激情を抑えることはできない。

肉塊の表面に浮かび上がった、あの空虚な薄ら笑いを徹底的に蹂躙してもなお、腹の底から怒りが消えてくれる気配はない。

ここで俺は、唐突に理解した。

ハイル・メルヒオットという男は、人の命を玩具のように扱う精神の怪物は、もはや天災のような存在なのだ。合理的な理由も、恐らくは倒錯した性的興奮すらもなく、考え得る限り最も残酷な手段をただ選び続けることができる、そんな機能を持つ何か。

——それが奴だ。

「ラルフっ！　それ以上死体に構ってる暇なんかないでしょ？」

そんな存在を殺すには、ただ覚悟を決めるだけでは足りない。

「ねえ、聞いてんの？　だから時間がないって……」

境界線を跨ぎ、その先にある狂気の世界に飛び込まなければ、奴の喉元に牙を突き立てることは叶わないかもしれない。煮え滾る殺意と憎悪に身を委ねなければ、あの男と同じ盤面に立つことすらできないかもしれない。

「瞳孔開いてんだけど。マジでふざけんなよ」

腕を摑んできたリザの手を払い、再び走り始める。

階段を駆け上りながら、俺は背筋がゆっくりと凍えていくのを感じていた。

かつて決別した筈の悪魔とやらの幻影が、また俺を呼んでいる。そいつは悪意に満ちた笑みを浮かべて俺を手招きしていた。

ハイルという怪物と対峙する過程で、俺は境界線の内側に踏みとどまっていられるのだろうか。世界を焦がすほどの怒りを抱えてもなお、ただの人間のままでいられるのだろうか。

どちらにせよ、結論を出す猶予が与えられることはない。

確かなことはそれくらいだった。

まだ最上階に辿り着いてはいないはずだが、階段はここで途切れていた。

別のルートを探すために、間仕切りもなく無駄に広いフロアを見渡してみる。規則的に並んだ長方形の柱が床と天井を繋ぎ、大窓から漏れる陽光が灰色の空間を切り取り、光の檻に閉じ込められた埃や塵がゆらゆらと舞い踊っている。全体的に薄暗い光景の中では解りづらいが、フロアの反対側に金網でできた仮設階段のようなものが見えた。

腕時計を見ると、正午まであと一〇分と少ししかなかった。膨れ上がっていく焦燥と殺意に従って、俺は歩みを更に早める。

「落ち着きなよ、ラルフ」

「断る」

忠告を無視して先を急ぐ俺の襟首を、リザが掴んで制止させた。

抗議しようとして振り返ったが、相棒の目は俺に向けられているわけではなかった。警戒の色に染まった瞳が、フロアの中央付近にある柱の陰を睨みつけている。

「ねえ、いい加減顔を出したら？　遊んであげるからさ」

「……まあ、流石に気付くか」

全身に、強烈な寒気が走っていく。

柱の陰から現れたのは、黒い戦闘服に身を包んだ老齢の銀使い――ラーズ・スクワイアだった。これまで出会った化け物の中でも間違いなく最強の一人であるラーズは、既に二振りの短剣を抜いている。未だかつて恐れなど抱いたことがないように憮然とした表情で、首を鳴らしながら悠然と歩み寄ってきた。

「ずっと見ていたぞ。お前ら二人がこの廃墟に辿り着き、何やらコソコソと企てている様子をな」

ラーズは短剣の切っ先を俺に向けて続けた。

「ただの紛い物だと思っていたが……イカレてるな、お前」

俺たちの策に気付いた上で、ラーズは何処までも冷静な表情を保っていた。遙か高みから見下ろすような態度は気に喰わないが、これ以上構っている暇もない。

「それでどうする？　雇用主様にでもチクるつもりか？」

「そんな報告義務まで契約書には入ってなかったが……、口の堅さには自信がない」

口の端を歪めてみせた老兵に、隣のリザも狂気に満ちた笑みで応えた。

「……回りくどいこと言わなくていいよ。状況はもっとシンプルでしょ？」

「ああ、俺を殺せば万事解決だ。解りやすくていいだろ？」

「はっ、泣いて後悔させてやる！」

太股のホルスターから抜いたナイフを引っ提げて、リザが突進した。

リザの速度が想定を上回ったのか、ラーズは迎撃ではなく防御を選択。刃の側面で刺突を受け止め、もう片方の短剣でリザの胴体を狙った。

懐に深く潜り込んで横薙ぎを躱したリザは、短剣を振り抜いたことでガラ空きとなった脇腹を狙って次撃を叩き込む。ラーズが上半身を捻ったため戦闘服の表面を切り裂くだけに留まったが、それでもリザの追撃は止まらなかった。

主要な臓器への刺突、手首の動脈への斬撃、視界の外からの蹴りが際限なく繰り出されていく。短剣を振るうには近すぎる間合いに密着して立ち回ることで、リザはラーズに反撃の糸口を与えなかった。

「面構えが変わったな、リザ」

劣勢に立たされているはずのラーズは、心の底から愉快そうな表情を絶やさなかった。

「こちらの世界に踏み込む覚悟はできたのか？　余計なものを棄てる覚悟は？」

現状を打破すべく、ラーズは強硬手段に出た。

肩口を軽く切り裂かれるのを覚悟でリザの腹部を蹴り飛ばし、強引に間合いを確保したのだ。

予測していたリザは左腕で蹴りを防いでいたため無傷。しかし、一連の奇襲で一太刀しか浴びせられなかった悔恨が表情に滲んでいた。

ここからが、本当の戦いになる。

張り詰めていく空気を切り裂くように、リザが鋭い口調で言った。

「覚悟とか、何を棄てるとか、切り離せないものが何なのかとか……そんなのどうでもいいんだよ。時と場合で、そんなの簡単に変わってくる。少なくともラーズ、あんたなんかに決められてたまるか」

「見解の相違だな。人間のまま、闘争の世界に踏み込んでくるつもりか」

「うるせえよ」リザの紅い瞳が、氷点下の輝きを放った。「じゃあその、くだらない世界ごと全部ブチ壊してやるっ！」

相棒が小声で出してきた合図に従って、俺はクリックガンをフルオートでぶっ放した。鈍色の咆哮を転がって回避するラーズへと、リザはナイフを投擲する。

「それは銃弾より速いのか？」

短機関銃の一斉掃射すら見切ってしまうラーズにナイフが命中する道理はない、それは確かだった。

だが、そんなことはリザも織り込み済みだ。

リザが狙っていたのはラーズではなく、その進行方向にあるコンクリ床だった。

ナイフの柄に取り付けられたワイヤーから伝播した振動が脆い床に伝わり、着弾点から半径三〇センチメートルが土煙を上げて破砕されていく。

突如として崩落した床に足を取られ、ラーズの体勢が僅かに崩れた。

その瞬間を見逃さず、俺は短機関銃の引き金を再び引き絞る。

「馬鹿の一つ覚えのように短機関銃ばかり……」

ラーズはその場で垂直に跳び上がり、絶体絶命の危機から逃れてみせた。逃げ遅れた戦闘靴の踵を銃弾が掠めていくが、本人に傷を負わせることはできていない。リザがワイヤー付きのナイフで追撃を試みるも、全て余裕を持って躱されてしまう。役割を果たせないコンクリートの窪み（くぼ）だけが、無意味に生産されていく。

「そんなに接近されるのが怖いのか？」

「いいや、これでいい」

リザの不敵な笑みを見て、ようやくラーズの瞳に理解の色が広がった。

無意味に思えたナイフや短機関銃による攻撃は全て、ラーズを仮設階段から引き離すための手立てだったのだ。左側から回り込むようにしてラーズを攻撃し続けた結果、今では俺たちは仮設階段を背にして立っている。

これで位置関係が完全に逆転したわけだ。

言葉など交わさなくても、お互いの目的は共有できている。

それでも、一つの儀式として俺は言った。

「リザ、悪いが後は任せたぞ」

ラーズが行く手を阻（はば）んできたら、一対一で戦わせてほしい。

リザは、それだけは絶対に譲らなかった。

ただそれは、以前のように銀の弾丸の悪魔に唆（そそのか）されて選んだ道ではない。少しでも早くシエナの元に辿（たど）り着（つ）くためには、一人がラーズを足止めしなければならないという合理的判断によるものだ。紅（あか）い瞳がそう物語っていた。

植え付けられた偽りの感情——空虚な殺戮（さつりく）衝動に身を委ねるのではなく、自らの切り離せないものを守るために戦う。

それが、リザの覚悟だった。

俺から受け取った刀を右手に、自動式拳銃を左手に握り、相棒は静かに呟く。

「いいからさっさと行けよ。……すぐに追いつくから」

頼もしい宣言に背中を押され、俺は後方へと走り始めた。

追撃を試みるラーズと、それを受け止めるリザの喊声が互いに絡み合う。それに銃声と金属音が乗っかって、救い難い旋律が途絶えることなく響き渡っていく。

◆

窓から吹き付ける強風に黒髪を乱されても、リザ・バレルバルトは身動き一つしなかった。両手にそれぞれ刀と自動式拳銃を握ったまま、眼前の仇敵を睨みつけている。

ここで自分が殺されれば、先に上階へと進んだラルフは挟撃を受けることになる。そうなればシエナを救い出すことは永遠に叶わず、ハイルが仕組んだ儀式とやらが発動して全てが終焉を迎えてしまうだろう。

しかしリザは、そんな前提条件を意識の外に追いやっていた。

思考を徹底的に軽量化し、目の前の敵を殺すという一点にのみ神経を注ぐ。ラーズ・スクワイアという化け物を殺すには、あらゆる雑念を削ぎ落した一振りの刃になる必要があった。

視線と視線が絡み合い、殺意と殺意が混ざり合っていく。

膨張し続ける空気が弾け飛ぶ一瞬前に、リザが猫の速度で飛び出していった。

その場から動かず迎撃の構えを取るラーズを見て、リザは戦術を変更。左手に持っていた自動式拳銃の照準をラーズの脳天に合わせ、引き金に込める力を強めた。

リザの挙動が素人臭いことを見抜いたラーズは、膝を撓めるだけの動きで銃弾を回避。そのまま跳び上がって反撃——することは叶わなかった。

「……何……？」

耳孔内部で火薬が炸裂したような爆音が、平衡感覚を瞬く間に奪い去っていく。

鼓膜が破れ、三半規管が掻き回されて、視界が目まぐるしく回転していく。

銃声を増幅させてできた音の弾丸を操作して、動き回る標的の鼓膜へと届ける——前回の戦闘時には習得していなかった、新たな切り札だった。短い期間内でも、何とか実践レベルで使えるまで精度を高めることができた。

「いきなりで悪いけど、もう終わらせてやる」

膝が床に沈んでしまったときにはもう、水平に振られた刃はラーズの鼻先まで迫っていた。

——回避は間に合わない。

一瞬にも満たない時間の中でそう判断したラーズは、ほとんど勘だけで短剣を振り上げて刀を弾いてみせた。なおも止まることのない追撃の嵐を、浅くない傷を負いながらも的確に捌いていく。

「ふっざけんなっ、何で死なないの」

まともに立つこともままならない状態の老兵を仕留められない焦り(あせ)を覚えながらも、リザは手を休めなかった。刀を振り回して行動を限定し、身体(からだ)が止まった一瞬を狙って再び音の弾丸を放つ。まだ精度が完璧ではなく不発に終わったとしても、即座に間合いを詰めて剣撃を再開させた。

音の弾丸で敵の選択肢を潰し、斬撃で仕留めにかかる。

一つ一つの攻撃を陽動に使い、策が空回っても即座に次の手を繰り出す。

これらは、闘争への快楽に溺れ、無目的にナイフを振り回していた頃にはなかった発想だった。弱さゆえに策を巡らせ、徒党を組むことで生き延びてきた仕事仲間との連携の積み重ねが、いつの間にかリザの戦術に深みを与えていたのだ。

――しかしそれでも、戦神に致命傷を与えるには至らない。

「なるほど、面白い組み立てだ」

遙(はる)か高みから評価を下したラーズは、既にリザの戦術に適応し始めていた。

引き金が引かれ、音の弾丸が射出される瞬間に首を振り回すことで命中率を極端に下げ、僅かな隙を突いて攻勢に出る。二振りの短剣で高密度の攻撃を開始すればもう、リザは防御に徹するしかなくなってしまった。

「初撃とそれに続く連撃で一気に決めきるつもりだったのだろう。確かに厄介な技だ。俺があと三年分老いていれば、あるいは殺せたのかもな」

猛攻の勢いを凌ぎきれず、リザは体勢を大きく崩されてしまう。

一瞬の隙を見逃さずに迫ってくる刺突。

身を捩ってもなお完全には回避しきれず、左脇腹を貫いていく衝撃。

肉を抉り、血糊を引き摺って流れていく刃を、リザは両の瞳に焼き付けた。

「……致命傷には至らず、か。やはり俺も衰えた」

不思議と、痛みは耐えられないほどではない。脳内麻薬の分泌によってもたらされた錯覚でしかないのかもしれないが、それも今は好都合だった。

「これで衰えてるって？　ふざけんなよ化け物」

左脇腹の傷はかなり深いが、主要な臓器までは損傷していないだろう。感覚で解る。

それよりも、突如生じた違和感の方が問題だった。直ちに影響はないし、戦闘において不利に働く類のものでもない。

それでも、この違和感の正体を探らなければならない。

頭の中では、ずっと警報が鳴り響いていた。

「今奪ったのは嗅覚かな」

短剣に付着した血糊（ちのり）を払いながら、ラーズが疑問に答えた。

「傷つけた相手の五感を奪っていくのが〈シャックス〉の力だ。どの感覚を奪うのかは選べないし、能力が発動するタイミングも解（わか）らないし、そもそも五感を奪う前にほとんどの敵は死んでいる。要するにまあ、ハズレ能力というわけだ」

「で、あんたを殺せば取り戻せるってこと」

「……ああ、そういえば二年前にも説明していたな」

目の前で仲間たちを虐殺され、自身も腹部を貫かれた記憶が鮮明に蘇（よみがえ）る。

あのときリザは、ラーズの能力によって聴覚を奪われていた。左胸に埋め込んだ〈アムドゥスキアス〉の能力によって超人的な聴力を手に入れることができたが、それはあくまで借り物の力に過ぎない。

「てか何？　あんたの能力って嫌がらせにしかなってないじゃん」

「だからハズレ能力だと言っただろう。……まあ光栄に思うといい。俺から五感を奪われて、今も生きている者などそうはいないからな」

自虐的に語るラーズに、リザはむしろ畏怖の感情を再認識した。

この男は、銀の弾丸の能力などではなく、自らの肉体と剣技だけで〈猟犬部隊（ドッグス）〉の分隊長を務めたほどの化け物なのだ。

「まあ、これ以上お前から奪うことはないだろう」

次で確実に終わらせる、と同義の宣言とともに、ラーズが低空姿勢で突進してきた。

尋常な速度ではない。老兵の周囲だけが早送りされているような、非現実的な速度で刺突が繰り出される。迎撃を意識することすら不可能。薄皮を切り裂かれながら、何とか回避するので精一杯だった。

追撃は止まらない。

体勢を立て直す間もなく二振りの短剣が襲い掛かってきて、選択肢が一つずつ削り取られていく。もはや思考を巡らす余裕すらなく、ほとんど反射神経だけで死から逃げ惑っているような状態だった。

「どうした？　それ以上は逃げられないぞ」

背中に叩きつけられる突風。それを知覚して初めて、リザは自分が窓際まで追いつめられていることに気付いた。位置関係の不利よりも、こうなるまで周囲を見る暇すら与えられなかったという事実に愕然とする。

——これが、ラーズ・スクワイアという化け物の本気ということなのだろう。

ラーズは短剣を胸の前で交差させ、リザを窓の外へと突き落とすべく迫ってきた。

大気そのものが不可視の壁となって押し寄せてくるような、どうしようもない圧力。

回避はもう間に合わない。

一縷の望みに全てを賭けて、リザは向かい来る死神へと刀を振り下ろした。

「残念、悪手だったな」

非情な言葉とともに、世界を揺るがすような衝撃が襲い来る。

間髪入れずにやって来た浮揚感で、リザは自分が窓の外に投げ出されたことと、抵抗が全くの無意味だったことを思い知る。

さっきまで自分がいたのが何階部分だったのかは覚えていない。だがそれでも、この高さから墜ちれば銀使いであろうと即死することだけは確かだった。眼下に小さく見える灰色の景色が、その事実を雄弁に物語っている。

「死んでっ、たまるか……！」

遥か彼方へと遠ざかっていく生を手繰り寄せるため、リザはワイヤー付きのナイフをビルの壁面へと投擲した。

老朽化して脆くなった壁面にナイフが深く突き刺さり、リザはひとまず転落死を免れた。

上方から降ってくる銃弾の雨を宙吊りになったまま掻い潜って、何とか壁面に着地。そのまま壁面を垂直に走り、最も近い窓から室内へと飛び込んだ。

「はあっ、はっ、くそっ！　マジで死ぬとこだったっ！」

「何を安心してる？」

温度を持たない冷淡な声が、内腑の底を震わせてくる。

永遠のような一瞬の中で振り返ると、窓の外から飛び込んできたラーズが既に短剣を振り上げているところだった。

ワイヤーや安全帯も、一瞬の躊躇すらもなく、この男は上階から飛び降りてここまでやって来たのだ。

死の気配が、吐き気を催すほど濃密になっていく。

──何が「衰えた」だよ、クソ野郎。

リザは心の中で唾を吐いた。

二振りの閃光がリザの肩口に触れ、瞬く間に身体を深く切り裂いていく。

紅く染まる視界。流出していく命。頭の中に響き渡る悪魔の呼び声。

それら全てを、黒色の渦が容赦なく呑み込んでいく。


攪拌されていく意識の中で、様々な記憶が泡のように膨らんでは弾けていった。

渇きを満たす術を持たなかった少女時代。

夜の街を彷徨っている内に見つけた、新しい居場所。

利害の一致を超えた、曖昧だが確かに実在した繋がり。

暴虐の嵐に蹂躙されていく仲間たち。

怪物となって流れ着いた先で出会った仕事仲間。

価値観の相違と衝突、奇妙な信頼関係と苛立ち。

囚われの少女を救う旅。

ライブ・ハウスの喧騒と、同じ熱度の笑顔を向けてくる少女の声。

「……もう、二度と」

悪魔が植え付けた闘争への歓喜に邪魔をされながらも、声を振り絞って叫ぶ。

「失ってたまるか」

偽りの感情の中にある、切り離せない何かを必死に手繰り寄せる。

そして、リザは立ち上がった。

死が足元まで這い寄ってきている。血液をどの程度失ったのかも、生命維持に必要な器官が無事なのかどうかすらも、彼女には解らなかった。

「……今の攻撃で視力も奪った。その状態でお前は、何故まだ立ち上がる」

指摘されて初めて、リザは自分の視界が黒に埋められていることに気が付いた。

光の消えた世界では、音だけが嫌になるほど鮮明に聴こえてくる。

ビルの外で吹き荒ぶ風の音、ゆっくりと近付いてくる足音。知覚した音を、リザは脳内で立体的に組み立てて映像に変換していく。

そして、機械的なほど一定の間隔で鳴り続けるラーズの心音が耳に届いた。

極限まで洗練されていく世界で、リザはその意味を考える。

闘争を心から愛し、己の全てを捧げてきたはずの老兵は、今この状況に何も感じていない。

心地いい緊張も、血の沸くような興奮もなく、機械のように粛々と処刑を実行しているのだ。

それは、ラーズの語る闘争の世界とやらと明らかに矛盾していた。

「……ああ、なんだ」

気の抜けたような声で笑うリザを警戒して、ラーズの足が止まる。

取り落としていた刀を拾い直し、静かに呟(つぶや)いた。

「ラーズ、あんたはずっと……死にたがってるんだ」

長きに渡って身を委ねてきた闘争、強烈な快感と興奮が渦巻く狂気の盤面に、ラーズはいつしか何も感じなくなっていた。種を蒔(ま)くと称してリザを銀(シロガネ)使いにしたのも、闘争の意義を説いて挑発を繰り返してきたのも、全ては何も感じなくなった自分への失望が原動力だった。

自分以外の誰かに理想を託してしまった時点で、闘争者としてのラーズはもう死んだのだ。

だからラーズは、自分を殺してくれる誰かを探して、ハイルの計画――成れの果ての街をひっくり返す戦争に身を投じた。

もちろん根拠はない。

心音一つからの推測にしては、明らかに飛躍しすぎている。

それでもリザは、この直観こそが真実だと確信していた。

「ではお前が殺してくれるのか？　血塗(ちまみ)れで逃げ惑うしか能のないお前が？」

ラーズはついに否定せず、短剣を構え直した。耳鳴りがするほどに研ぎ澄まされていく闘気が、その全身から迸っていく。

「私には、生きなきゃいけない理由がある」

リザは刀を両手で構え、刃に高周波を纏わせていく。

女の悲鳴に似た高音が響き渡る廃墟で、高らかに宣言した。

「こんな死にたがりくらい、一撃でブチ殺して先に進む」

形容できないほどの殺気を纏い、ラーズが弾丸となって疾走してくる。リザは回避という選択肢を自ら破り捨て、両手で握る刃に全神経を集中させた。

亜音速の刃がリザの首元を狙って左右から迫り、凄まじい風圧が頬を叩きつけていく。

刹那の瞬間が引き延ばされ、死の気配が濃度を増していく。

光の閉じた世界の中心で、リザはその一瞬を待ち続けた。

迫り来る短剣を一太刀で打ち砕き、そのままラーズの身体を切り裂くための一瞬——星の褪せた荒野に一筋の光が射す瞬間が、必ずやってくる。

——————ここだ。

一瞬の煌めきに存在の全てを懸けて、リザは刃を水平に振り抜いた。

身体と身体が交錯し、ラーズの身体が後ろに流れていく。

背中合わせとなった二人の間に流れる時間が、静寂に包み込まれていく。

滴る液体と、白銀の破片が床に墜ちていく音だけが、辛うじて沈黙に抗っていた。

「……おめでとう」

リザの背中が受け取ったのは、どこまでも純粋な称賛だった。

「これでお前は、奪われていたものを取り返した」

胸部から大量の血を流し、ラーズが膝から崩れ落ちていった。刃が粉々に砕けて柄だけになった短剣を、満足したように放り投げて老兵は笑う。あまりにも長すぎた闘争の世界からの解放を祝い、魂を喰らいにやってくる悪魔を歓迎するような表情だった。そこに、敗者としての悲哀など微塵も存在していなかった。

それら全てを背中越しに聴き取りながら、リザは呟いた。

「……そんなもんのために、戦ってたわけじゃねえんだよ」

もう闘争に用などない。五感を取り戻したことへの歓喜もない。

リザは一度も振り返らず、上階に続く階段へと歩き始めた。

足を一歩踏み出すたびに視界が滲み、体重を支えきれずに膝が震え、全身からの出血で手足の末端が凍えていった。

それでも前へ。

意識が混濁し、思考が麻痺していっても、構わず前へ進め。

肉体が限界を迎えて転倒しても、腕の力だけで進み続けた。

切り離せないものを守り抜くために。

やっと手に入れた繋がりが吞み込まれてしまう前に。

◆

金網で出来た仮設階段を駆け上がり、俺は最上階に辿り着いた。

剝き出しになった鉄骨の枠組みがあと三階分くらいまで続いているが、足場のコンクリートが施工されているのはここまでだった。窓はおろか外壁すらないため強烈な風が常に吹き荒んでおり、建設計画が破綻してからずっと放棄されていたであろうクレーン車は完全に錆びついている。

遙か高みを目指して積み上げてきた欲望の、成れの果てがこの場所なのだ。

「……やっと会えましたね、ラルフさん」

林立する鉄骨の柱の向こうから、乾いた拍手の音が聴こえてきた。

かつての恋人を殺し、大戦争を引き起こし、シエナを奪い去った全ての元凶――ハイル・メルヒオットが、穏やかな笑みで歓迎を表明している。

俺は何も答えず、両手に短機関銃を召喚して歩いていった。指先を操ろうとする憎悪を何とか宥め、冷静に状況を分析する。

最上階にいたのは四人。

実体の伴わない笑みを浮かべる外道に、その傍らに立つ白衣姿の変態女。その奥で瓦礫を椅子代わりにして座っている老人が恐らく〈魔女の関係者〉なのだろう。布を簡単に羽織っただけの導師のような風貌と、全てを見透かすような黄金色の瞳が印象的だった。

だが今は、こんな老いぼれに用などない。

ハイルの後方で十字架に括り付けられているシエナの姿が確認できた。目は恐怖と苦痛に見開かれ、顔や首筋に大量の汗を伝わせながら藻掻き苦しんでいる。

獣のような絶叫は、もはや言語の体を成していなかった。声がほとんど嗄れかけていることからも、何時間もああして絶叫し続けてきたことが解る。

銀使いは、死の瞬間に魂を地獄に連れて行かれるという。

ここが地獄でないとするならば、シエナが悶え苦み絶叫しなければならないこの世界に、どんな名前を付ければいいのだろう。

「彼女を解放しろ、ハイル」

俺は短機関銃の銃口を、優男の脳天へと向けた。

「せっかく苦労して準備を整えたんですよ？　今更そんな要求は呑めませんね」

途方もない憎しみが俺を優しく包み込み、耳元で「奴を殺せ」と囁いてくる。

だが、理性がどうにか殺意を押し留めていた。

ハイルは俺の誇りにかけて必ず殺さなければならない宿敵だが、シエナを救い出すためには施術士であるこの男の手を借りなければならない。少なくとも、それまでは待て。

「今すぐシエナを解放しなければ、お前の両足を粉々にする。逃げられない身体にした後で、今度は両手の指を一つずつハンマーで砕いていく。もちろん、止血して簡単には死なないようにしてだ」

「随分と野蛮な発想だ。……そもそも」引き金に指を掛けた俺を、ハイルの言葉が氷漬けにしていく。「あなたに、そんなことができるはずがない」

後方からの衝撃で、俺は床に叩きつけられる。

両腕の関節を極められて短機関銃を取り落とす。凄まじい力で後ろ手を拘束されたまま、うつ伏せの状態で上から押さえつけられてしまった。

「完全に周りが見えなくなってましたね、ラルフさん。何でそんなに怒り狂っているのかは解りませんが……」

挑発するような吐息が項にかかる。首だけを強引に動かすと、周囲にはモニカの姿が見当たらなかった。あの女が死角から近付いてきたことにも気付かないとは、あまりにも迂闊だった。

今打てる有効な手などはなく、俺はただ不覚を取った自分自身を呪うことしかできない。

何一つ成し遂げられない哀れな男を蔑むように、〈魔女の関係者〉が溜め息を吐いた。

「……もう準備は整ったはずだろう、ハイル。観測者とやらも現れたし、くだらない茶番はこれで終わりにしよう」

「もう心残りはありませんか、エイヴィスさん」

「この人工島に種を蒔いてから、お前やそこの小娘のような者が現れるまで何十年かかったと思ってる？　今更、心残りなどあろうはずがない」

エイヴィスと呼ばれた老人の瞳には、強烈な使命感が宿っていた。

目の前で組み伏せられている俺も、地獄の苦しみに囚われているシエナも、この状況を作り出すためだけに殺されていった人々も、その視界には一切入っていない。

「解りました、では儀式を始めましょう。……ただ、その前に」ハイルは地面に這いつくばる俺を一瞥した後、視線を上に動かした。「あなたの目的を聞いておきましょう。ヴィクトリア・エドモンドさん？」

俺の上に乗っているモニカの肉や脂肪が捏ね繰り回され、骨格が音を立てて矯正されていくのを背中で感じる。コンクリートに映し出された影も、意思を持った粘土細工のようにおぞましく動いていていた。

数秒後には背中に伝わる振動が止み、舞台女優のよく通る声が響き渡った。

「どうして解ったの？　演技は完璧だったのに」

アントニオが仕掛けていた策とは、この女のことだったのだ。

フィルミナード・ファミリーが誇る伝説級の銀使い、〈薔薇の女王〉はモニカに成り代わり、ハイルを暗殺する機会を窺っていた。

「擬態を見抜いたわけではありませんよ。ただ、観劇者であるあなたが今この盤面にいないのは絶対におかしい。〈レシア&ステイシー社〉からあなたを殺したという報告も上がってきてませんしね。……僕やエイヴィスさんではないのなら、消去法でモニカさんに化けているのかなと思いまして」

「なるほどね。信頼してくれて嬉しい」

「あなたと僕の思考は似通ってますからね。人を欺くのが大好きなところとか」

どちらにせよ、ジェーンがここにいるのは好都合だった。

ハイルを殺すという一点において、こいつと俺の利害関係は一致している。

「ジェーン、いてくれて助かった。しばらく共闘しよう。あんたも、ハイルを殺す命令を受けてここに来てるんだろ?」

上からの返事はなく、背中にかかる体重が弱まる気配もない。不穏な気配が、俺の首を急速に絞め上げていく。

「……ジェーン? いったいどういうつもりだ」

「心配しなくてもアントニオとの約束は果たすつもり。ハイルは後でしっかり殺してあげるから、そう焦らないで」

ただ、とジェーンは興奮を隠すような声で続けた。

「でもそれは、全てを見届けたあとの話」

ハイル・メルヒオットは、同じ価値観を持つ仲間を見つけたような、満足げな表情を浮かべていた。

「あくまでも観劇者の立場を貫く、と。ブレませんね」

「だって、こんな歴史の特異点を目の前で見れるんだから。途中で止めようとするなんて無粋でしょ？」

「ふざけるなっ！　今すぐ背中から降りろ、クソ野郎っ！」

「もう、暴れないで」

「イカレてんのかてめえら！　もういい、全員ぶっ殺してやる！」

「ちゃんと状況を見てよ。その体勢でどうするつもり？」

苦笑いで俺の殺意を受け流し、ジェーンはわざとらしく呼吸を整える。

それから、背中越しでも解るほど真剣に言い放った。

「ハイル・メルヒオット。あなたたちの目的は解ってる」

「へえ。お伺いしても？」

「あなたたちは、おとぎ話の魔女をこちらの世界に呼び戻そうとしているんでしょう？」

突拍子もない推測を、誰一人として笑わなかった。

ハイルは口の端を僅かに歪ませ、エイヴィスは静かに首肯する。記憶を盗む能力を知っている以上、俺としても疑うことなどできなかった。

言葉の余韻を上空に吹く風が攫ってしまう前に、ハイルは静かに呟いた。

「……よくできました」

15

Another One Bites The Dust

MAD BULLET UNDERGROUND

こいつは今、何と言ったんだ？

おとぎ話の魔女をこちらの世界に呼び戻す？

そんなことが可能なのか？

いや、そんなことをしていったい何になる？

疑問とともに取り残された俺を無視して、瓦礫（がれき）の上に座るエイヴィスが重い口を開いた。

「……彼女は、世界を憎んだまま死んでいった」

老人の独白は止まらない。

「悪魔と対話し、人々を救ったはずの彼女は、正当な理由もなく裏切られたのだ。反吐（へど）のような宗教裁判にかけられ、愚かな大衆どもの嘲笑を浴びながら焼き殺されてしまった。……だから彼女は計画を立てたのだ。自らが死んだ後に始動し、数百年の歳月をかけて育っていく壮大な計画を」

「計画を受け継いだのは、魔女に心酔していた十数名の弟子たち」

ジェーンが静かに口を挟んだ。

「彼らは魔女が残した理論を元に数世代にわたって研究を続け、近年になってようやく〈銀の弾丸〉を完成させた——そこまでは私たちも摑（つか）んでる」

「全ては彼女の悲願を叶（かな）えるためだ。使命に殉じていった先人たちも本望だったのだろう。やがて研究結果を託された者たちは、裏社会や各国の軍隊に働きかけて〈銀の弾丸〉を拡散させた。まだ途上ではあるが、銀の弾丸がもたらした狂気は確実に世界に蔓延しつつある。それが、世界を憎んだ彼女の復讐なのだ」

「……そしてあなたたちは、魔女が何処かで復讐の行く末を見守っていると推測した」

試すような目つきになったエイヴィスに、ジェーンはよく通る声で続けた。

「銀使いは死後に魂を悪魔に喰われてしまう——これは恐らく正確な表現じゃない。実際には悪魔に生体情報を取り込まれて、一個の生命体として生き続けることになるんでしょう？自我は消滅し、極限の苦しみを味わいながら……永遠にね」

「ああ、間違ってはいない」

「ここからは私の推測だけど……おとぎ話の魔女とやらも、焼かれ死んだあと悪魔と一体化したのでは？　そして彼女が悪魔と交信し、こちらの世界に喚び寄せるほどの力を持っていたのが本当なら、今もまだ自我を失っていないのかもしれない」

ここまで聞けば、こいつらがやろうとしていることが俺にも少し見えてきた。

「……また、シエナを使って悪魔を喚び出すつもりか」

無意識のうちに漏れていた言葉を、エイヴィスが拾い上げる。

その瞳には、民の愚かさを憂う神のような悲哀が宿っていた。

「媒体となるのはこの私だ」

「……は？」疑問を噴出させずにはいられなかった。「そんなことをすれば、お前は気色の悪い化け物と融合して……永遠に苦しむことに」

言いながら、俺は内心で理解していた。

苦痛や快楽、損得勘定、倫理観——そういった人間的な感覚を超越したところで、この老人は生きているのだ。

何かのきっかけで魔女による洗礼を受けて以来、何十年もの間ずっと、ただ今日この瞬間の、大いなる自殺のためだけに生きてきた。

説得などそもそも不可能なのだ。

この男の行為をいくら否定したところで、築き上げてきた信仰心が揺らぐはずがない。殉教者の異常な献身性など、神に唾を吐いて歩いてきた俺たちに理解できるはずがない。

だが、そうなれば一つの疑問が湧き上がってくる。

「……なら、ならばどうして、シエナを連れ去ってきた？　お前の自殺に彼女は必要ないはずだ！」

「……いいか？　魔女を復活させるにはいくつかの条件が必要だ。一つは悪魔の媒体となる銀（シロガネ）使い。長年銀の弾丸と触れ合ってきた私なら、他の銀（シロガネ）使いとは違い悪魔を完全に召喚することができるだろう。二つ目に、高度な技術と知識を併せ持つ施術士。この犯罪都市に銀の弾丸を蔓延（まんえん）させ、施術士の需要を高め、技術革新を繰り返させることでようやく……ハイルという腕のいい協力者を得ることができた」

「……なら、てめえらで勝手にやってればいいだろうが！」

「私を生贄にしたところで、喚び出せるのはせいぜい悪魔までだ。……魔女に肉体を捧げるのは、彼女と同じ力を持つ人間でなければならない」

一切の抑揚がない、非人間的な声色で、エイヴィスは続けた。

「シエナ・フェリエールには悪魔の気配を感じ取る能力がある。ハイルが引き起こした戦争の影響で、今は完全に覚醒していると言っていい。この状態なら、銀の弾丸を介さずとも実体化した悪魔と生体情報を共有できる。……そしてそれこそが、魔女がかつて有していたのと同じ——悪魔と対話する力だ」

「……まさか」

「理解したか？　目の前で悪魔を完全に召喚すれば、それが引き金になる。シエナ・フェリエールが悪魔どもの世界と繋がってしまえば、魔女の方からコンタクトを取ってくるだろう。何故なら彼女は……今も向こうの世界から私たちを見ているのだ」

「……お前はそれでいいのか？」

「魔女は悪魔と生体情報を共有できる。彼女の目の前で悪魔に身を捧げれば、物理的に離れていようとも彼女と一つになれるのだ。……それで充分だろう」

「そのとき」頭の中で鳴り響く警鐘とは裏腹に、唇が勝手に動いていた。「そのとき、シエナはいったいどうなる」

「神が受肉するための生贄として捧げられる。肉体を受け渡し、魔女が世界を破滅させていく様を最前列で見届けることになるのだ。非常に光栄なことだろう？」

――ふざけるな。

胃の底が急速に冷えていくのを感じた。

数百年も前に死んだ女の悲願が何だというんだ？

それはシエナの、ただ平凡に生きていたいという願いよりも価値があるというのか？

そんな下らないもののために彼女の両親を殺し、少女娼婦に堕とし、救いのない結末をもたらすことが許されるのか？

世界という盤面を支配しているつもりの、勘違い甚だしいクソ野郎どもへの殺意が膨れ上がっていく。到底理解できない、気色の悪い自己満足のために少女の人生を破壊し、大量の人々を殺し、世界すらも壊そうとしているこいつらの、いったい何処に正義がある？

考えるまでもない、まとめて殺すべきだ。

こいつらを生かしておく必要性など、世界の何処にも転がっていない。

「……ラルフさん、そんなに暴れないでくださいよ」

ハイルは、わざとらしいほどの困り顔をこちらに向けてきた。

「あなたは幸運にも観測者に選ばれたんです。ヴィクトリアさんや僕と一緒に、そのまま特等席で見守っていてはどうです？　……この世界の行く末を。彼女が何を成し遂げるのかを」

全身を動かして抵抗しても、ジェーンが凄まじい力で上から押さえつけてくる。何とか拘束を抜け出したときにはもう、ハイルは両手を広げてエイヴィスに語り掛けていた。

「もう発動してしまっても？」

「構わん。……ああ、これでようやく貴女に会える」

恍惚の表情を浮かべた老人の全身から、黒い霧が噴出されていく。心臓に激痛。黒い霧は枝分かれしつつ空へと伸びていく。心臓に激痛。凄まじい速度で霧が実体化して、何百本もの黒い腕が姿を現した。心臓に激痛。まだ腕は増え、雲に届くのではないかというほどの高さまで伸びていく。心臓に激痛。心臓に激痛。心臓に激痛。心臓に激痛。心臓に激痛。

心臓に激痛。

これまで何度か味わった種類の痛みだ。心臓を握り潰されるような痛みが思考を支配し、心臓が痛いということ以外何も考えられなくなっていく。心臓の痛みで目が霞み、心臓の痛みで立っていられなくなり、心臓の痛みで発狂しそうになる。

「……どうですかラルフさん、ヴィクトリアさん。今この場所が、歴史の特異点です」

徐々に痛みが和らぎ、明瞭になっていく意識の中で、俺はビルの上空が黒く染まっていくのを確認した。

目を凝らすと、楕円形の黒い雲のように見えるそれが、幾重にも折り重なった長大な黒い腕の群なのだと解った。黒い涙を流し続けるエイヴィスの背中から大量の腕が噴出し、上空で垂直に折れ曲がってそれぞれの方向に広がっているのだ。

「ぎわがああががじゃ.j義ああああああがああ」

人間の言語以外の何かで構成された絶叫が、強風を突き破って鼓膜を震わせてくる。

脳のリミッターでも外れたのか、凄まじい力でロープを引きちぎったシエナは十字架から解放されていた。コンクリートの床を血で染めながら、彼女は完全に正気を喪ってのたうち回っている。

エイヴィスの台詞を信じるなら、今シエナは完全に召喚された悪魔と生体情報を共有させつつある。もしそれが完了した瞬間、悪魔どもの世界に潜む魔女に自我を呑み込まれ、シエナ・フェリエールとして生きてきた連続性は途絶えるのだ。

それはつまり、精神の死と同義だった。

「耐えろっ、シエナ！　今助ける！」

耐え難い痛みを激情で誤魔化して、俺は十字架の下でのたうち回るシエナへと走る。悪魔を観察するのに夢中のジェーンは追ってこない。俺は周囲への警戒など後回しにして全力で足を動かした。

「ああ、そこで止まってください」

撃鉄が起こされる音に、思考が停止する。

感情の読めない微笑を湛えて、ハイル・メルヒオットが自動式拳銃の銃口をシエナへと向けていたのだ。

魔女の復活を目論むこの男が、ここでシエナを撃つわけがない。

そんなことは解っている。

解っているが、この男の異常性に恐怖を感じている自分がいた。

こいつは、自らの目的すらも棄てて狂気に満ちた決断をしてしまえる。

急に気が変わってシエナを撃ち殺したとしても、何一つおかしくはないのだ。

「ふざけるな、ハイル。……シエナから離れろ。さもないと」

「さもないと、どうするんです？」

俺が何もできないことなど解りきっているとでも言うように、ハイルは肩を竦めてみせた。

「何というかアレですね。人の感情はいつも、思った通りに動きすぎる」

「……何が言いたいんだ、てめえ」

「僕を恨みたくなるように仕向ければ、今みたいにしっかり憎しみの籠った目を向けてくれる。シエナさんを助けられないという予感が過ぎったとき、恐怖で雁字搦めにされたような表情を浮かべてくれる。……これではあまりにも陳腐だ。どうして皆さんはこうも、僕の予想を裏切ってくれないんでしょう。流石に失望しましたよ」

蠟人形のように動かない微笑が異質すぎて、俺は指先一つ動かせなくなる。

運命の誤作動で生まれたとしか思えない悪魔は、なおも淡々と語り続けた。

「僕はね、ラルフさん。『感情』というものに憧れていたいんですよ。僕自身が生まれつき一切感情を持たない人間だったので、僕の行為によって人間の感情がどんな風に動くのかばかり考えて生きてきました。……でもね、どんな遊びを試してみても、みんな僕の想像を超えてくれないんですよ。僕は自分が持っていない感情に憧れ続けていたいのに、実物はあまりにも予定調和で……。それじゃあ、僕は自分の欠落を受け入れてしまうことになる」

「……お前の自分語りに、興味は」

「だからエイヴィスさんの計画に参加したんですよ」ハイルは俺の反応を待ってすらいなかった。「数百年の時を超えてもまだ消えることのない復讐心というのが、どんなものなのか知りたくて。そんな、理解のできない感情を持っている魔女と少し話してみたくて。そうすれば僕はまだ、感情というものに憧れ続けることができる。……だからまあ、今はちょっと邪魔しないでくれますか？」

魔女の復讐心がどんなものなのか知りたいから。

少し話してみたいから。

そんな、そんなわけの解らない理由で、この男は――――。

「ハイルっ……！　殺してやる！　絶対に、お前だけはこの手でっ！」

「だから、そういうお決まりの反応はいらないんだってば」

こうなることを最初から解っていたような余裕の笑みが、更に俺の怒りを逆撫でしていく。

生身の人間でありながら銀使い相手に立ち回り、巨大組織すらも手玉に取ってしまうこの男は、やはり恐ろしかった。

悪意と計算の鋭利さだけで、人間はこうも強大な怪物になってしまうのだ。

「あ、こっちばかり見ていて大丈夫ですか？」

忠告の意味を嚥下するよりも先に、右肩を鋭い痛みが掠めていった。

それがエイヴィスの身体から噴出した黒い腕の一本であることに気付いたときにはもう、肉が融かされていくような激痛が襲い掛かってくる。

痛みに犯されている右肩を見ると、粘度の高い黒色の液体が衣服の上から皮膚を食い破ろうと蠢いていた。情報生命体である悪魔は、他の生物の生体情報を取り込むことで増殖していく性質を持つ——ジェーンがかつて語った台詞が恐怖を煽る。

俺は何とかナイフを喚び出して、肩の生地ごと液体を剝ぎ取ることができた。

「災難でしたね。念のためビルの最上階だけは攻撃しないよう設定してましたけど、まあ完璧に制御できるわけがないか」

善意の含有されていない憐れみを受け取っている余裕はない。

慌てて周囲を見渡すと、無数の黒い腕から滲み出した粒子が溢れかえり、ここから見える景色を完全に闇に染めていた。黒い粒子はビルの最上階を取り囲んで渦を巻き、黙示録世界のような光景を形成している。

「ほら、よく見てくださいよラルフさん。そろそろ侵食が始まりそうです」

上空で楕円を描いていた黒い腕が、一瞬の震えののち凄まじい速度で広がっていく。

無数の黒い帯が高層ビルの上空で噴水のような軌道を描き、地上へと降り注いでいった。腕の一本一本が獣のような唸り声を上げながら広がっていく様は、世界の終わりを想起させるには充分すぎるほどに絶望的な光景だった。

「今回の設定では兵器としての性能よりも、悪魔の本分——生体情報を効果的に取り込むことに特化させてみました。どうです、笑っちゃいますよね？　こんなスピードで拡散していったら、あと二、三時間もすれば人工島にいる全ての生命を喰らい尽くしてしまう」

自身も黒い飛沫を頰や手の甲に浴びながら、ハイルは一切崩れることのない微笑を浮かべている。この男には、目の前で繰り広げられている地獄が愉快でたまらないのだろう。

その精神性を理解しようとすることは、脳が断固として拒否した。

「ああああああああああああ…………」

独り言のような声量で聴こえてくる、嫌に間延びした叫び声。

それが白目を剝いて涎を垂らしながら悶えるシエナのものだと気付いた瞬間、全身を冷気が駆け抜けていった。

——もう、限界が近い。

あまりにもくだらない過去の遺物、おとぎ話の魔女という訳の解らない存在に、シエナの精神が喰い尽くされてしまう。

そんなことを、許せるはずがなかった。

「シエナ！　頼むっ、苦しいだろうが正気を保つんだ！」

「無駄ですよ。もう全ては動き出してしまった」

「てめぇは黙ってろっ！　……シエナ、ああクソっ、どうすればいい……！」

何故、彼女でなければならなかったのか。

彼女は何処にでもいる、平凡で、善良な少女にすぎなかったはずだ。

たまたま、特異体質を持って生まれてしまっただけだ。

外道どもに目を付けられ、死よりも救いのない地獄に叩き堕とされてしまうような、そんな悲劇に相応しい罪など犯してはいないはずだ。

もっと他の、どうしようもないクズが彼女の代わりになればいいのに。

自らのせいで大切なものを喪ってきた、度し難い間抜けが代わりになればいいのに。

苦しみとともに死んでいくのが、俺だったらよかったのに。

「あなたはまたしても、目の前で大切な人を喪ってしまう」

……やめろ。

「これはもう、逃れようのない運命なのかもしれませんね。あなたと関わってしまったばかりに、罪もない女性が地獄に堕ちていく」

……やめてくれ。

「ああそういえば、あなたの昔の恋人……シャルロッテさんでしたっけ？　彼女が薬に犯されて正気を失う前の、最後の言葉を聞きましたよ」

……頼む。頼むからやめてくれ。

「もういいから早く殺して。……ああ、何という悲劇でしょう。明るい未来が待っていたはずの美しい女性が、知能の足りないクズどもに犯されて、やっとの思いで吐き出した台詞がこれだったなんて。……シエナさんの方は、今どんなことを考えているんでしょうね？」

「ああ、ああああああ」

「絶望してる暇なんてないですよ、ラルフさん。あなたにはまだ、できることがある」

脳裏に、最悪の選択が浮かび上がってきた。

永遠に続く苦しみから解放するため、俺の手でシエナを撃ち殺してしまうという選択だ。

気が付いたときには、俺は自動式拳銃を右手に喚び出していた。

後は簡単だ。この激情に身を委ねてしまえばいい。

過去の喪失、未来への恐怖、狂った世界への憎悪を全て込めて引き金を引けばいい。

そうすれば、シエナを苦しみから解放することができる。ハイルを穴だらけの肉塊に変えることができる。世界を破滅から救うこともできるかもしれない。

激しく震える右手を必死に抑えて、のたうち回るシエナの心臓へと照準を合わせる。

初めて出会った安ホテルでの怯えた表情、ライブ・ハウスで少女のようにはしゃぐ後ろ姿。あらゆる記憶を頭の中で丁寧に殺していき、退路を一つずつ断ち切っていく。

それでも、

それでも俺は、

引き金を引くことができなかった。

憎しみがどれほど甘言を振り撒こうとも、俺は境界線を越えることができなかったのだ。

そして、その事実を確認したところで救いなどやってこない。

それが解っていながらも、境界線の内側で蹲っているしかなかった。

「……予想通りの反応です、ラルフさん」ハイルは初めて薄笑いを消した。「ハッキリ言って失望しました」

微かに聞こえていた、シエナの叫び声が突然途絶えた。

上空に吹き付ける強風と、黒い腕の大群が蠢く音だけが存在感を増していく。不協和音の洪水の中で、床で転げ回っていたはずのシエナが徐に立ち上がった。

空気が擦り合わされるような、不快な音が微かに聴こえる。

それは、天を仰いだ姿勢のまま喉の奥で笑うシエナの声だった。シエナと同じ声帯を使っているとは思えないほどに嗄れて重く歪んだ、老婆のような笑い声だった。

やがてシエナの唇が動き、おぞましい旋律が奏でられる。

それが言葉であることを認識できなかったのは、そいつが使っている言語が、この世界の何処にもないものだったからだ。

そいつは意味不明な言語で何かを呟きながら、周囲を興味深そうに見渡している。

「…………か。……そうか、わわ、わたしは……蘇った、のだな」

ダイヤルを回して周波数を合わせていくように、次第に俺たちにも聴き取れる言葉が漏れ出してきた。

俺は銃を取り落とし、ついには膝をついてしまった。

——終わった。全てが、完全に終わった。

今この瞬間、シエナの肉体は魔女とやらに乗っ取られてしまったのだ。

絶望に打ちひしがれる俺を尻目に、ハイルは恭しい礼をそいつに向ける。静観を決め込んでいたジェーンの口の端が歪む。悪魔の生贄と化したエイヴィスも、言語にならない叫び声とともに全身を歓喜で震わせていた。

「……あの男が」シエナの姿をしたそいつが、人差し指をエイヴィスに向けた。「あの男が、この舞台を整えてくれたのか」

「ええ。何十年もの歳月をかけて〈銀の弾丸〉を広め、施術士を育て、貴女に差し出す肉体を探し回って……」

「今、私の精神はあの男とも繋がっている。……ああ、解るぞ。ではお前が、この儀式を手配した術師ということか」

「その通りです」

おとぎ話の魔女。

銀の弾丸を生み落とし、世界の有様(ありさま)を変えてしまった張本人が目の前にいる。

いやそれ以上に、一度死んだ人間が現世に蘇(よみがえ)ったのだ。これはまさしく、歴史の特異点と呼ぶに相応(ふさわ)しい状況だろう。

だが、そんなことはどうでもよかった。

魔女とハイルが繰り広げる会話など、遠い国のゴシップよりも無価値だ。

シエナはどうなった？　彼女の魂はいま何処(どこ)にある？

「そこで膝をついている小僧は、私に何をもたらしてくれる？」

「彼は観測者ですよ。第三者の視点から、貴女(あなた)がこれから成していくことを見守っていく」

「そんなものが必要か？」

「貴女(あなた)が要らないというのなら、処分しても大丈夫ですよ。少なくとも、僕にとってはもうどうでもいいですし」

「そうか」

魔女が無表情のまま左手を振り上げる。

邪神の命令に従って悪魔が動き、黒い腕のいくつかが斜め上方から伸びてきた。もはや、回避も防御も祈願も命乞いもする気が起きなかった。俺は迫り来る死の気配をただ無感動に眺め、圧倒的な暴力を全身で受け入れた。

痛みを感じるよりも先に身体が吹き飛ばされ、俺は無様に床を転がっていく。追い縋ってきた黒い腕に突き飛ばされ、ついにはビルの外に弾き出されてしまった。

浮揚感に包まれながら、灰色の景色が遠ざかっていくのを無感動に見つめる。

強風に煽られて揺らめきながら、俺は遙か彼方に見える地面に激突して潰れてしまうのだろう。熟れたトマトのように体液をブチ撒け、誰の祈りも捧げられずに醜く果てる。それは罪深い化け物にとって、相応しい結末なのではないだろうか。

「何を、勝手に、死のうとしてんだよ貧弱野郎っ！」

死に満たされた黒い霧を引き裂いて、銀色の輝きが視界に飛び込んできた。

俺はほとんど反射のように手を伸ばす。先端にワイヤーが付いたナイフの柄を握り込み、俺を地獄に引きずり込もうとする重力に抗った。

——そうかよ、お前はまだ諦めてないのか。

ならば俺も、虚勢に塗れた笑みとともに立ち上がらなければならないだろう。

この先に待っているのが地獄でしかないとしても、道連れとなってくれる相棒がいる。

上方へと伸びる銀色の糸の向こう——廃ビルの窓から上半身を伸ばしながら、リザ・バレルバルトが皮肉めいた笑みを返してきた。

Cock
It Back
16
MAD BULLET UNDERGROUND

「とにかく、絶望的な状況だ」

窓から引き上げられて、最初に出た台詞がそれだったことに自分でも苦笑するしかない。

リザも特に反論はしなかった。転落死を免れることができただけで、状況そのものは一切好転していないのだ。

「だいたいの状況は、聴いてたから解ってるよ」リザは舌打ち混じりに続けた。「シエナが魔女に乗っ取られたところまでね」

「ああ、だから早く助けに行かないと……」

焦燥に駆られながら周囲を確認すると、見覚えのある仮設階段があった。

永遠にも感じるほど長い時間落下していた感覚だったが、意外にも最上階より一階分下に落ちただけということになる。

一歩足を進めたところで、立ち止まったままのリザと目が合った。闘争への歓喜と、揺るぎない使命を帯びた鮮烈な赤。

それを見て、ようやく冷静になることができた。

立ち止まり、一度だけ深呼吸をしてから俺はリザに問い掛ける。

「……一五秒で考えるぞ。どうやってシエナを救い出す？」

悪魔の召喚が引き金となり、シエナの肉体はおとぎ話の魔女とやらに乗っ取られてしまった。

引き剝がす方法は解らない。もちろん、シエナを傷つけるような選択はナシだ。

「前みたいに、あんたの能力で取り返せないの？」

「試してみたが無理だったよ」

以前悪魔の媒体と化したシエナを救い出すことができたのは、様々な幸運が重なった結果に過ぎない。娼婦だったシエナを俺が事前に購入し、悪魔の召喚に伴いシエナが生物学的な死を迎えていたからこそ能力で奪い返すことができたのだ。

既に少女娼婦を廃業し、生きたまま精神を乗っ取られている状態では条件を満たせない。

「シエナを麻酔銃で眠らせるのは？」

「あいつを乗っ取ったババアを黙らせるのが目的ならいい手だが、目が覚めたときに全てが元通りになるとは限らないだろ」

「あ、じゃあさ」リザは財宝を掘り当てたような表情になった。「悪魔の方を先に殺せばいいんじゃない？」

「……それは、どんな理由で？」

「ほらそもそも、悪魔が喚び出されたのがきっかけで魔女とやらが出てきたんでしょ？　悪魔と魔女が生体情報を共有してるとも聞いた。だったら悪魔の方をぶっ殺せば、それと繋がってる魔女の力も弱まるかも」

「ただの推測だろ」

「もう一五秒経った。確証なんてものを待ってられる余裕は？」

「……よし、解ったよ。お前の案に乗ってやる。あの気色悪いタコ野郎をぶっ殺すぞ」

「オーケー、じゃあどうやって殺す？」

「せっかく下から奇襲できる状況なんだ。音を消して近付いて、遠くからエイヴィスの脳天に風穴を開けてやればいい。今までの経験上、それで悪魔も消えるだろ」

「……まあ、それが最適か」

「不満か？　そんなに正面から戦いたければ囮で死ぬ役を用意してやるけど」

「いや、シエナを救うのが最優先だよ。手段なんてどうでもいい」

リザが口角を吊り上げたのを合図に、俺たちはフロアを突っ切って仮設階段を目指し始めた。

あえて指摘しなかったが、リザの出血量は明らかに尋常ではない。顔面が蒼白になり、手先も少し震えている。

「そういえば、あのラーズを倒したんだな」

リザは、自らの実力を遥かに上回る化け物との戦いを潜り抜けてきたのだ。どんな幸運や覚悟や博打があって、勝利を手にできたのかは解らない。その代償としては、リザの負傷はむしろ軽すぎるのかもしれなかった。

明らかに死にかけている相棒は、それでも、起き抜けの散歩でもやってきたかのように余裕の表情を作ってみせた。

「当たり前じゃん。私があんたより先にくたばるわけない」

がてきる。

「俺の盾になるという使命のためにか？　殊勝な心掛けだ」

「盾の内側に向かってナイフが飛び出す仕組みになってるから気を付けてね」

殺意に塗れたやり取りが、今だけは心強かった。

一切の配慮がない意地のぶつけ合いがある限り、俺たちは虚勢を張りながら進んでいくことができる。

仮設階段の手前まで辿り着いたとき、鼓膜が背後からの異音を捉えた。

音の出処を探ると、コンクリート製の天井が膨張を始めているのが見えた。張力の限界を超えて膨らみ続けるコンクリートには次第に亀裂が走り、細かい破片や埃が粉塵となって降り注いでいる。

轟音とともに、ついに天井が崩壊していく。

裂け目から産み落とされたのは、不気味にうねる無数の黒い腕の群と、それらに優しく包み込まれたシエナ・フェリエールだった。シエナの身体を乗っ取った魔女が、悪魔から生えた無数の黒い腕を操って天井を突き破ってみせたのだ。

音もなく着地した女の表情は、俺たちが知っているシエナのそれとは結び付かない。

心という概念のない異世界からやってきた怪物のように、どこまでも無感情な鉄面皮を纏っていた。

「逃がすと思ったか？」

天井から溢れ出してくる黒い腕たちを周囲に侍らせたそいつは、機械のように温度のない声で呟いた。

「己の罪とともに死ね、人間ども」

嗄れた宣言に呼応して、天井から溢れる黒い腕たちが一斉に襲い掛かってきた。その本数を数えきれるはずもなく、もはや黒々と光る激流としか認識できなかった。アレに少しでも触れただけで、悪魔による肉体の侵食が始まってしまうだろう。

死への恐怖に突き動かされて、俺たちは二手に分かれて逃げ続ける。

「潔く死を受け入れろ」

柱の陰に飛び込んだところで、黒い激流が回り込んで迫ってくる。短機関銃で迎撃したとしても、破壊された傍から腕が高速で再生していく。

打開策が、まるで見つからない。

「お前たちが目の前で息をしているだけで反吐が出る。お前たちの声が聴こえるだけで虫唾が走る。お前たちが存在しているという事実そのものに、私はもう耐えられないのだ」

魔女を突き動かしているのは、自らを裏切って焼き殺した人間という種への絶望と怒りなのだろうか。だとしたら、数百年の時を超えてなお、禍々しい感情が一切風化していないことになる。

俺は叫ばずにはいられなかった。

「そんなに復讐したいなら、お前を殺した村人どもの末裔でも標的にすればいいだろうが！

俺たちは関係ないだろ、八つ当たりしてんじゃねえ」

「……復讐、だと？　そんな下らぬもののために、私が動いていると思っているのか」

視界の端では、仮設階段から降りてくるハイル・メルヒオットが薄笑いを浮かべていた。ジエーンによって拳銃を側頭部に突きつけられながら、魔女の次の言葉を待ち侘びている。

「……だったら、お前の望みは何だ。何のために銀の弾丸を創り、悪魔を呼び寄せ、世界を壊そうとしている」

俺たちを襲っていた無数の腕たちが、潮が引くようにシエナの元へと帰っていき、ゆっくりと廻り始めた。

グロテスクな黒い渦の中心で、シエナの姿をしたそいつが初めて笑顔を見せた。

庭先の虫どもを踏み潰す稚児のような、無邪気で残酷な種類の笑顔だった。

「お前たち人間は不完全すぎる。感情などという非合理的なものに支配されているがために、他者を妬み、呪い、貶めては殺す……あまりにも醜悪だ。あの日——業火に灼かれて絶叫する前から、私はお前たちに失望していた」

非業の死から三日後に復活を遂げた救世主を、人々は神と見做して祈りを捧げてきた。それは誰もが知っているおとぎ話だ。

ならば、数百年の時を超えて蘇ったこの女が、神の視点で人間を語っていることを笑い飛ばせるはずがない。

これまでは虚構でしかなかったはずの、空白の神の座。

この女が君臨しようとしているのは、まさにそういう場所なのだ。

「その点、彼らは生命体として完成されている」

魔女は黒い腕の一本を両手で掴み、愛おしそうに頬ずりをした。

「こちらの世界にいる人間どもから生体情報を取り込み、物質性を獲得する――たったそれだけの使命を果たすために、全体の意思を完全に統一させているのだ。それぞれの個体に、自我などという曖昧なものは存在しない。あるのは、ただ純粋な使命だけ」

「ではお前は、悪魔どもの使命を叶えるために……」

「それが世界にとって正しい選択だ」

――悪い魔女が、悪魔の軍勢を引き連れてやってくる。

俺は、子供の頃に聞いたおとぎ話の一節を口の中で唱えた。

今なら、この女を宗教裁判にかけて焼き殺した人々の気持ちが嫌というほどに解る。人間らしい弱さに唆され、狂気じみた選択をしてしまった彼らの恐怖がはっきりと伝わってくる。

おとぎ話の魔女は、悲劇の死を遂げた殉教者などではなかったのだ。

グロテスクな化け物どもに手を貸して世界を滅ぼそうとする、意思の疎通すら叶わない侵略者。それも、自分のことを神か何かだと考えている種類の、完全に倒錯した思考を持つ怪物だ。

この女は、悪意など微塵もなく大虐殺を実行できる。

人間性を棄てることで手に入れた使命のために、一切の躊躇なく世界を壊してしまえるのだ。

「御託はいいんだよ。うるっせえな」

重たい沈黙を、リザの鋭い声が突き破っていく。

「要するにあれでしょ？　人間の世界に上手く馴染めなかったから、あんたは悪魔どもに股を開いたんだ」

リザの言おうとしていることが、痛いほどに理解できた。

そうだ。俺たち悪党に信じる神などはいない。

だとすれば、神の紛い物を恐れる理由もない。

だから俺も、最大限の悪意を持って、この女を冒瀆しなければならないのだ。

「何だこいつ、友達がつくれなくて拗ねてるだけかよ。そりゃ確かに可哀想だが、この世界は残酷だからな。……お前は孤独に凍えながら、もう一度死んでいけ」

「私らが手伝ってあげるからさ。安心してね？」

神に等しい怪物を相手にしても、俺たちの性格の悪さは変わらなかった。

魔女は翡翠色の瞳で不届き者たちを一瞬睨んだ後、直ぐに興味を消失させた。二人の人間を

絶望させた上で殺すという戦いから、ただの害虫駆除へと思考の軸を動かしたのだ。

奴にとって俺たちは、議論する価値もないゴミ虫に成り下がったことになる。ただ、全身全霊をかけて潰さなければ寝覚めが悪くなる種類のゴミ虫ではあるだろう。

俺たちの狙い通り、刀を構えて突進するリザに魔女の視線が集中した。

周囲を漂っていた黒い腕の群を全てリザへの迎撃に回し、俺から意識を離している。神様気取りの奴に感情というものがどの程度残っているのかは解らないが、少なくともリザが囮であることに気付かないくらいには冷静さを欠いていた。

俺は戦闘を繰り広げる両者から離れ、ハイルたちが佇んでいる仮設階段を目指す。

魔女がこのフロアに釘付けにされている今、悪魔の媒体となったエイヴィスの方は完全に無防備なのだ。このチャンスを逃すわけにはいかない。

俺は短機関銃を喚び出して、進路を塞ぐ傍観者どもに銃口を向けた。

「さっさとそこをどけ、クソ野郎ども！　挽き肉にするぞ」

「意味のない脅しですね。あなたが僕を殺せるはずがないのに」

「隣にいるビッチが、お前の記憶を全部奪い取ってくれる。ハイル、それでもうお前は用無しだ。いつまでも安全圏にいると思うな」

「……ちょっと待って、何で私を勝手に味方に数えてるの？」

「この期に及んでまだ傍観者を気取るつもりかよ？　もう魔女とやらは蘇った！　それで満足

だろ」

「これは歴史の特異点なの。少し落ち着いて、あなたもこの状況を楽しんでみたら？」

イカレ野郎どもと話していても埒が明かない。そして、重要な情報を抱えすぎているハイルを今殺せないのも事実だった。沸騰する殺意を罵声に変換しつつ、俺は強引に二人の間を突破しようとする。

「ラルフさん」

檸檬色の瞳が、妖しく歪んで俺を嘲笑っていた。

「アレ、避けなくても大丈夫ですか？」

言葉の意味を理解する前に、左肩に凄まじい衝撃を受ける。

「があああああああっ！　……クソっ！　クソっ！」

気付くと俺は仮設階段から転げ落ち、コンクリートの床に叩きつけられていた。喉からは止めどない絶叫が溢れ出していく。

攪拌される視界で、左肩に直撃したのが拳大のコンクリート片だったことを確認する。

肩甲骨をやられた——そのくらいは、詳しく診断するまでもなく解った。

亀裂が走った程度であれば幸運だろう。骨が粉々に砕け、二度と左腕を使えなくなったとしても不思議ではない。少なくとも、この戦闘は右手一本で切り抜けなければならなくなった。

負傷の程度を一つ一つ客観的に判断していないと、気が狂ってしまいそうなほどの激痛。いいか？

や、こんな痛みを抱えながら立ち上がるくらいなら、ここで狂ってしまった方が楽なのではな

「人の身で、私から逃れられると思うか？」

震える膝を怒鳴りつけて、強引に立ち上がる。声の方向に目を向けると、今度は腰が抜けてしまいそうになった。

シエナの姿をした化け物の周囲には、無数の瓦礫が惑星のように旋回していた。物質が重力に唆されて落下するという真理を、コンクリートの塊どもが完全に無視しているのだ。

――いや、有り得ないのはそこだけではない。

驚愕で喉が詰まった俺の疑問を、リザが代弁してくれた。

「……どういうこと？　あんたの、その左腕は」

リザが睨む先――シエナ・フェリエールの左腕が、赤黒く変色していた。いや、変化したのは色だけではない。人の限界などとうに超えていることが一瞬で解るほどに筋肉が肥大化し、腕だけが通常の五倍近くの大きさにまで膨れ上がっているのだ。

華奢な少女には不釣り合いな、怪物めいた巨腕。そのアンバランスな姿は、俺の目にはあまりにも滑稽に映った。

「……リザ、これはまさか」

「認めたくないけど……こいつは多分、死んだ銀使いの能力を扱える」

自分の周囲の物質を操作するサイコキネシスのような能力は、〈狩人〉と呼ばれていた傭兵のユルゲンのものだろう。身体の一部の筋肉を肥大化・硬質化させて怪物に変身する能力は、エリック・フォスターという銀使いのものだ。

どちらも、俺とリザがかつて葬ったはずの化け物だった。

死に抱かれ、その魂を悪魔に捧げた死者たちの能力を、魔女とやらが使いこなしている。それも、二つ同時に。

これはどう考えても尋常な状況じゃない。

「……悪魔たちは、全ての個体が生体情報を共有しています」階段の上から、ハイルが笑いを堪えているような声で続けた。「エイヴィスさんと繋がっている今の彼女なら、悪魔が取り込んできた他の銀使いたちの能力くらい使えてもおかしくはない」

太陽が急激に存在感を消失させ、フロア内部に闇が溶け出していく感覚。

「……ふざけてんじゃねえぞ、化け物」

「〈銀の弾丸〉を介して生体情報の変換が完了していれば、能力だけでなく死ぬ直前の記憶も共有できる。……自らを殺した相手の顔も鮮明に蘇るということだ。お前たちは、かつて殺した連中の力で葬られることになる」

老婆の声で語られる台詞を無抵抗に浴びながら、俺はまたしても、絶望に支配されようとしている。

ふざけるな、こんな人智を超越した化け物と、どうやって戦えばいい？

「もうこれ以上、足掻いてくれるな」

魔女の姿が、一瞬で風景に溶けていった。

ユルゲンの物体操作能力の応用。奴は自分自身を操作して、高速移動を可能にしてしまう。

思考を紡ぐ一瞬のうちに魔女は眼前まで迫っており、巨大化した左手を振り下ろしてきた。

「舌噛まないように気を付けろ！」

相棒の絶叫が聴こえた瞬間、折れた左腕に真横からの衝撃が叩きつけられる。

吹き飛ばされながら横目で確認すると、リザが側面から俺を蹴り飛ばしてくれたのが解った。

容赦のない激痛が波濤のように押し寄せてくるが、化け物の腕に押し潰されて即死するよりは遥かにマシだろう。

「助かったよ」

「思ってもないこと言わなくていいから、あんたは策を考えてよ。いくら私でも、まともにあいつと戦っても無駄だってことくらい解る」

「…………三分くれ。それまで奴を止めてくれたら」

「は？　無理に決まってるじゃん」

「解った、じゃあ一分だ。それまでに、奴を潜り抜ける方法を考えてやるよ」

「了解」リザは凄惨な笑みを浮かべた。「もしミスったら、あんたの死因は私が決めてやる」

「お前がくたばってなければな」

痺れを切らして突進してきた魔女を、リザの刀が迎え撃った。

高速移動の直線的な軌道を読み切った、一切の無駄がない動き。シエナの肉体を多少傷つけたとしても仕方がないと、完全に割り切っていることが解る剣速だった。

脇腹を狙って放たれた斬撃を、魔女は身体を強引に捻って左腕で受け止めるしかない。体勢を簡単に崩され、奴は高速移動による退避を余儀なくされた。

もしやとは思っていたが、奴自身の身体能力はシエナ本人のものと大して変わらないようだ。接近戦に持ち込むことができれば、ただの少女がリザに対抗できる道理はない。

俺の元にも黒い腕が束になって迫ってくるが、リザに意識を集中させているためか精度はかなり低かった。満身創痍の俺でも、何とか躱しきることができる。

手繰り寄せた勝機を目前にしても、リザは冷静だった。

決して深追いすることなく、死角から迫ってきた黒い腕の群を跳び上がって回避。着地の瞬間を狙って瓦礫の砲弾が迫ってくるも、最小限の動きだけで直撃を防いでみせた。

「とっくに殺された連中の能力なんかで、私をどうにかできると思ってんの？」

「腹を礫で抉られて、よく強がっていられるものだ」

不敵な笑みとともに刀を構えるリザは、右脇腹から大量の血を流していた。魔女が指摘するまで俺も気付かなかった。悪魔の腕や瓦礫の砲弾などの派手な攻撃を陽動に使い、微小なコンクリート片を死角から射出していたのだ。

悪魔(エイヴィス)の操作と複数の能力の使用、おまけに陽動と奇襲までを同時に実行できる処理能力は、明らかに人間の領域を逸脱している。

どの角度からどう見ても、リザが死の淵(ふち)にいるのは明らかだ。既に片足は淵(ふち)からはみ出しており、少しでも重心がズレただけで墜落してしまうだろう。

——無駄にしてはならない。

腕の群や瓦礫(がれき)、魔女が振り下ろす左腕を捌(さば)ききれずに傷ついていくリザを睨(にら)みつけながら、俺は脳が焼き切れるほどに思考を回転させた。こちらの手札、仕込んでいたもの、敵と自分たちの位置関係を踏まえて、頭に浮かんだ策の所要時間と成功条件を洗い出していく。

望みの薄い策から順に切り捨てていき、俺は最後に残った微(かす)かな光を掴(つか)み取った。

「……リザ、もう充分だ。策なら思いついた」

「遅すぎ」リザは血反吐(ちへど)を口から零(こぼ)しながら笑った。「いいから、聞かせてみなよ」

何も心配していない表情で武装して、俺は小声で作戦内容を伝える。

「……アレはまだ使わないんじゃなかったっけ」

「まともにやっても望みがないなら、もうこれ以外に手はないんだよ」

「運否天賦(うんぷてんぷ)かよ。あんたと組んでると絶対にこうなる」

「それも、これまでで一番確率の低い賭けだ。……リザ、運命に身を任せる覚悟はできたか？」

リザが観念したように溜め息を吐くのを見て、俺は掌に閃光手榴弾を召喚した。

「始めるぞ、リザ。これで最後だ」

俺は祈るような想いで、円柱状の物体を魔女の足元を狙って放り投げる。

「それを警戒しないほど私が愚かだとでも？」

魔女の目の前で炸裂して意識を刈り取るはずだったグレネードは、床に激突する直前で停止していた。そのまま空中で浮かび上がり、明後日の方向へと弾き飛ばされていく。反応速度も、精度も、物質操作能力の本来の持ち主であるはずのユルゲンを遙かに上回っていやがる。

窓の外に放り出されたグレネードがようやく炸裂した。

あの位置でどれだけの轟音が発生したところで、室内にいる魔女の鼓膜には届かないだろう。

――だが、ここまでは完全に俺たちの想定通りだった。

「弾け飛べ、ゾンビ野郎」

リザが勝利を確信した笑みとともに中指を立てた。

そこで魔女も異変に気付いたはずだ。だがあまりにも遅すぎる。リザの能力によって指向性を操作された爆音はすでに、少女の美しい耳へと正確に届けられたはずだ。

呻き声を上げながらよろめく魔女に向かって、リザが低空姿勢で疾走していた。

刀の峰で殴りつけるか、振動を操って脳を揺らすかして失神させてしまえば、それで俺たちの勝利は確定する。

「それも知っている」機械のように温度のない声が響く。「つい半日前、〈グラシャラボラス〉を殺すときに使った手だろう」

音の弾丸は外れていた。……いや、それは正確な表現ではない。

リザの能力を読み切っていた魔女は、爆音が鼓膜に届く直前に頭を振って直撃を回避していたのだ。

勝機など初めから存在しなかった。

淡い幻想に向かって飛び込んでいくリザはあまりにも無防備。演技を解いた魔女が振り抜いた左腕が側面に直撃し、細い身体が紙切れのように吹き飛ばされていく。

苦悶の声を上げながらも、リザの口許には凶悪な笑みがあった。

コンクリートの柱に背中から叩きつけられた相棒の瞳から、殺意の混じった期待が向けられる。それを確かに受け止めながら、俺は第三の矢を放つことにした。

「……何だ、それは」

掌に喚び出したのは、何の変哲もない携帯電話だった。

不穏な気配を察知した魔女が、悪魔の黒い腕を一斉に差し向けてくる。

グロテスクな漆黒の奔流を身体で受け止める前に、俺は液晶画面を起動させ、予め表示させておいたボタンをタップしてメールを一斉送信した。

17

Go Ask The Dust For Any Answers

MAD BULLET UNDERGROUND

地を揺るがす爆発音が、階下から響き渡る。

それも一度ではない。轟音と轟音が連鎖し続け、破壊的な旋律が止まることなく響き続けていった。廃ビル全体が大きく揺れ、天井や壁面からコンクリートの欠片が剝がれ落ちていく。人間の頭部ほどの大きさの破片が大量に降り注いで黒い腕に直撃し、攻撃の軌道が逸れた。その隙を突いて俺は後方に退避し、漆黒の奔流をやり過ごす。

なおも足元は激しく揺れ続ける。少女の足腰では立っていられず、魔女は地面に両手をついてこちらを睨みつけてきた。

「……いったい何をした、人間」

「ただの解体工事だよ。ビル中の柱に仕掛けた爆弾を、ちょっと起動してみただけだ」

思えば、時間との戦いだった。

全財産をはたいてフィルミナードから買った大量の爆薬を、設計図と照らし合わせながら解体に必要な場所に設置して回る。リザの能力で物音を完全に消しつつ、儀式が始まる時間ギリギリまで俺たちは作業を続けた。

所詮は、ロクな補修も行われずに長期間放置されていた廃ビルだ。建物周囲への被害を最小限に抑えるという観点さえ無視すれば、大学の建築学科を二年で辞めた俺程度の知識でもビルを落とすことは難しくない。

ただこれは、本来ならもっとあとで使うはずだった作戦だ。

自分たちの安全すら確保できていないこの状況では、俺たちがビルの崩壊に巻き込まれてくたばる可能性もある。いつ足場が崩れて転落するか、落下してきた瓦礫(がれき)に潰されるかも解(わか)らない。

ただそれは、魔女にとっても同じだった。

不確定要素を戦場に連れてきて、勝敗の行方を運命に委ねる。

ただの人間が神に抗(あらが)うには、もはやこれ以外の手など考えられなかった。

俺は役目を果たした携帯電話を後ろに放りつつ、次の武器を右手に召喚した。

「まあ楽しもうぜ、化け物。自分が神に見捨てられないよう祈りながら」

喚(よ)び出したロケットランチャーを天井に向ける。鼓膜に直接届けられるリザの指示に従って照準を定め、反動で吹き飛ばされそうになりながらも榴弾(りゅうだん)を射出した。

爆炎とともに天井が吹き飛び、無数の黒い腕を背中から生やした老人が落下してきた。細い身体(からだ)に絡(から)みつく腕は、遠くからでは不完全な繭のようにも見える。

俺の意図を察したのか、魔女は攻撃に使っていた黒い腕を全てエイヴィスの周囲へと向かわせた。

「リザ！　受け取れ！」

短機関銃を相棒へと放り投げてから、俺も一斉掃射を始めた。毎分五〇〇発の速度で射出される鉛玉が二方向から襲い掛かり、黒い腕でできた繭を粉砕していく。

魔女を倒す必要など最初からなかったのだ。

こちらの世界に召喚された悪魔の影響で魔女が目覚めたのなら、本体であるエイヴィスを殺して悪魔を消してしまえばいい。それで魔女がシエナから消える確証はないとしても、今のように冗談じみた力が使えなくなることだけは間違いない。

「クソっ、キリがないじゃん！」

「手を休めるな、撃ち続けろ！」

銃弾は確実に黒い腕による防御を削り取っているが、別の腕が何処かからやってきて穴を瞬時に塞いでいく。破壊された傍から再生していく防壁が、本体であるエイヴィスを完璧に守り続けていた。

そもそも、あの黒い腕はイレッダ地区全体に広まって人間を喰らい尽くそうとしているような代物だ。無限に再生し続ける繭に向かって銃撃を続けていても、銃弾の方が先に尽きてしまうのは明らかだった。

――それに、魔女はこれ以上は黙っていてくれないだろう。

激しい揺れの中で立っていることを諦めたのか、魔女は自身の身体を宙に浮かせてみせた。さらに床に転がっている大小様々な瓦礫を浮かせて、衛星のように周囲に旋回させている。

「ビルが崩壊したところで、私には一切関係ない」

嘲弄の籠った声とともに、魔女は瓦礫の弾丸を俺たちへと射出してきた。所々が崩落しつつある足場をリザが器用に跳ね回り、俺はフレームだけになった廃車を後方に喚び出して何とか攻撃をやり過ごす。

「手間をかけたのは解るが」上方から突然の声が響く。「全くの無意味だったな」

振り向いたときには既に、肥大化した左腕を携えた魔女が廃車の上に乗っていた。瓦礫の弾丸を囮にして、能力で高速移動してきたのだ。

凄まじい風圧とともに、濃密な死の気配が迫ってくる。

俺は向かい来る左腕を真正面から睨みつけ、口許を不敵に歪めてみせた。

「何処見てんだよ」

冷徹な表情で迫り来る魔女を取り囲むように、長方形の影が差した。

異変を嗅ぎ取った魔女が攻撃を中断して退避していく。リザが飛ばしてきた声で全てを予測していた俺も、影が差す範囲から急いで転がり出る。

巨大な影は、最上階に放置されていたクレーンがこちらに向かって倒れてくることで形成されていた。崩落しつつ傾いていく足場では、その超質量を支えることはできなかったのだ。

クレーンは巨人が振るう戦槌となって、逃げ遅れた悪魔へと垂直に打ち下ろされた。

単純な質量と速度がもたらす理不尽な破壊力は、耳がイカレるほどの轟音とともにコンクリートの床を破砕し、エイヴィスを階下へと叩き堕としていった。それだけでは飽き足らず、フロア全体を凄まじい衝撃に晒して、床も柱も天井も瞬く間に崩壊させていく。

「ラルフ、右後方に二メートル進めっ！」

またしても、俺の鼓膜にリザの指示が飛び込んできた。言われた通りの方向へと走ると、今までいた床も亀裂を立てていき、瞬きする間もなく崩落していった。

大量の爆薬でビルを崩壊させ、戦局を神の気紛れに委ねる。

確かに自暴自棄にしか思えない策ではあるが、俺たちには勝算があった。

音を支配下に置くことができるリザなら、コンクリートが砕ける直前の音を聞き分け、何処が崩落するかを事前に察知することができる。相棒の予測に従って動けば、極限状況でも生き残れる可能性が僅かに生まれるのだ。

「そこならしばらくは大丈夫。早く決めろ！」

聴覚を研ぎ澄ませて未来予知に集中しているリザは、回避と俺への指示で精一杯だろう。相棒の乱暴な指示に従って、俺が止めを刺さなくてはならない。

俺は三つ下のフロアに叩き堕とされて大量の瓦礫に埋もれているエイヴィスを見下ろす。

背中から伸びてイレッダ地区全体に広がっている無数の黒い腕の殆どは、クレーンの重量を支えきれずに半ばで引き千切られている。奴の周囲にはもう、三メートルほどの長さのものが数十本残っているだけだった。

あれだけの衝撃を受けてなお、エイヴィスには傷一つ確認できなかった。だがそれでも、奴を包んでいた繭は黒い液体をブチ撒いて砕け、老人の枯れ枝のような上半身が覗いている。

最も使い慣れた、自動式拳銃のバラックM三一を召喚。

一秒ごとに再生していく黒い腕の僅かな隙間を縫い、再び繭が形成される前に仕留めなければならない。グリップを支えるための左手は負傷のせいで使えず、三フロア分も下にいるため射程距離的にもぎりぎりだ。おまけに足場が不安定で、照準をまともに定めることすら難しい。

そして、チャンスは一度しかない。

「させるか！」

背後から、異形と化した左腕とともに魔女が迫ってくるのが解った。

だが俺はそちらを一瞥もせず、拳銃とその先にいる標的にだけ視線を集中させる。

今聴こえた金属音は、リザが魔女に襲い掛かって突撃を止めてくれたことによるものだろう。

続いて聴こえた銃声は、何かの気紛れでジェーンが放った援護射撃だろうか。

黒い腕は見る見るうちに増殖していき、もうほとんどエイヴィスの全身を覆い尽くしていた。

その隙間を縫って奴を殺すには、針の先を通すような精度が必要になるだろう。

あらゆる感覚が、限界まで研ぎ澄まされていく。

今ならこの最高難度の狙撃を、確実に成功に導ける感覚があった。

今なら森羅万象の全てを知覚し、正しく理解できる予感があった。

今の俺なら、シエナを救い出すことができるという確信があった。

「いい加減くたばれ、タコ野郎」

引き金の重さは感じなかった。

崩壊を続ける足元の揺れも、大量の出血がもたらす手先の震えも、全てを分厚い膜の中に閉じ込めることができた。

錯覚が連れてきた静寂に包まれる世界に、乾いた音が響き渡る。

少し遅れて、無数に蠢く黒い腕の隙間から、赤黒い花弁が一つ咲いた。

狙ったのは側頭部だった。もし命中していればエイヴィスは即死し、悪魔とやらは黒い腕の群とともに消え失せる。一方で、別の箇所に当たり、致命傷を負わせることができていない可能性も十分にあった。

視界の端では、リザとジェーンの妨害を掻い潜って魔女が迫って来ている。

もう俺には、回避や防御を選択する気力は残っていない。

狙撃が失敗していれば全てが終わりだ。あのバカでかい左腕に押し潰され、内臓をブチ撒けて薄汚い床の染みに変換される。

それなら仕方ない。

不思議と、そう思うことができた。

コマ送りのように緩慢に流れていく光景を目に焼き付けながら、俺は結末が確定する瞬間を待った。

「……ここで」老婆のように嗄れた声が、悔恨に震えていく。「ここで終わるのか」

異形化した左腕が、俺の鼻先に触れる直前で風船のように破裂して消えていった。微細な光の粒をばら撒きながら、ただの少女の細腕が虚しく空を切っていく。

眼下を見ると、増殖しつつ蠢いていたはずの黒い腕の群も完全に停止し、先端から順に黒い粒子となって霧散しているところだった。全ての元凶だった老人はこめかみから脳漿の混じった血を垂れ流し、物言わぬ骸となって瓦礫の絨毯に横たわっている。

張り詰めていた意識が緩んだ反動で、俺は動けない。魔女の方も同じだった。ただ茫然と立ち尽くし、僅かに落胆したような表情で俺を睨んでいる。

停止した世界を横切るように歩み寄ってきたジェーンが、耳元でそっと囁いてきた。

「もう少し様子を見てても楽しかったのに。……まあ、仕事の手間が省けたことには感謝するけどね」

ジェーンはまだ残っている足場へと身軽に飛び移り、エイヴィスの亡骸を目指して降下していく。最後まで意味不明だった〈薔薇の女王〉を視界の端で眺めつつ、俺は放心する魔女へと鋭利な言葉を投げた。

「これで悪魔とやらは消え失せた。あんたの方はどうなる?」

バラックの代わりに喚び出した、拳銃型の麻酔銃を首筋へと向けてやると、魔女は一切の感情を消して呟いた。

「……悪魔との接続が途切れた以上、間もなく私も消えるのだろうな」

「随分と潔いな」

「私の理論が正しいと立証された……それだけでも大きな収穫だった」

悪魔が棲む世界で、永遠の時を生きる化け物。冷静に考えれば、そんな存在がたった一回の敗北で打ちひしがれるはずがない。そんな人間らしい感情は、遙か昔に風化させてしまっているはずだ。

崩壊を続ける廃ビルに、超越者の宣言が響き渡っていく。

「この一件は必ず世界に周知される。そう遠くないうちに、また私を喚び出そうとする人間も現れるだろう。目的を達成するのはそのときでいい」

ハイル・メルヒオットが歪んだ快楽を満たすために俺たちを招待していなければ、間違いなく悪魔はイレッダ地区全体を呑み込んでいた。いや、ここからは確認できないだけで、既に地上は壊滅的な状況に追い込まれている可能性もある。

虚栄でも願望でもなく、この女は本当に、世界を簡単に壊すことができるのだ。

「お前たちは何も勝ち取っていない。私は、いずれ必ず使命を果たす」

気が付くと、向こうにいるリザが呆れとも嘲りともとれる表情で笑っていた。

確認しなくても解った。

こいつは俺と、全く同じ感想を抱いている。

「勝手にしろよ。世界だの、お前の使命だの……全てがどうでもいい」

俺は麻酔銃の引き金に力を込めた。
「そんなくだらないもののために、戦ってたわけじゃねえんだよ」
俺たちはずっと、たった一つの些細な望みのためだけに戦っていた。
シエナを地獄から救い出し、何もない白い砂浜で、特に生産性もない退屈なひと時を過ごす。
たったそれだけの、幸福とすら呼べないような一瞬のために。
翡翠色の瞳から意思の光が消え、シエナの身体は糸が切れたように崩れていく。
眠りに落ちた彼女を、片腕だけのぎこちない動作で受け止める。安堵とともにリザに声を掛けようとしたとき、視界の端で何かが動いた。
「失望しましたよ、皆さん」
気の遠くなるような青空を背景に、ライト・グレーのスーツを着た優男が笑っていた。
その掌には拳銃が握られていて、
檸檬色の瞳は残酷に歪んでいて、
銃口はシエナへと向けられており、
リザの位置からハイルはあまりにも遠く、
ジェーンは三フロア下で老人の死体を検分していて、
つまり誰もハイルを止めることができる状態ではなくて、
無機質な引き金には既に、惨たらしいほどに白い指がかかっていて、

　だから俺は、銃声が全てを奪い去ってしまう前に動き出していた。

「もう全部終わりにしましょう」

　引き金が引かれる一瞬前に、俺はシエナの前に滑り込むことができた。間髪入れずに乾いた音が鳴り、視界が赤く染まっていく。骨の髄まで焦がすような高温を腹部に感じ、少し遅れて痛みが脳髄を支配してきた。

　崩壊を続ける廃ビルを渡っていく残響の中で、俺は撃たれた箇所を右手で圧迫しながらハイルを見上げていた。

　笑顔のように見える表情を浮かべた虐殺者は、冷たい銃口をまだこちらに向けている。

「いや、実際ですね？　結構な労力がかかったんですよ。ロベルタ・ファミリーの実権を握るところから始まり、ドナートさんから悪魔召喚の理論を奪い、他の大組織に根回しして戦争を起こし、ラルフさんたちを誘導して彼女を手に入れて、それでようやく今回の儀式を始動させられた……。全ては、魔女が数百年をかけて成し遂げようとする復讐心が、いったいどんなものなのか知りたかったからです」

　もはや俺は、何も思考することができなかった。

　痛みに脳を犯されていたからだけではない。この精神の怪物への恐怖と、それを上回る憎悪によって、まともな思考が妨げられているのだ。

「それなのに、せっかく会えた魔女は一切の感情を捨て去っていた。彼女にはもう、復讐心なんて残っていなかったんですよ。多分、長い間悪魔と同化していたのが悪かったんでしょうね。彼女は悪魔の侵略行為を手助けするだけの、ただの舞台装置に成り下がっていた。……あんなものに憧れるなんて無理に決まってるじゃないですか！」

自分にはない、感情というものに憧れ続けていたい。

だから魔女の復讐心を解剖し、理解を深めてみたい。

論理として成立していてもなお、脳が理解することを拒絶していた。

魔女の力を使って世界を手中に収めたいとか、人工島の人間どもを全員道連れにして自殺したいとか、そんな理由の方が遙かにマシだ。生体情報を取り込んで物質性を獲得しようとする悪魔どもの方が、まだ理解できる。

完全に倒錯した価値観を持つ男に、俺は哀れみすら抱いていた。

この男はもはや、何をどう足掻いたところで、永遠に満たされることはない。

ハイル・メルヒオットという精神の怪物を、理解できる者など誰一人としていない。

「ああ……どうしようかな、これから」

再び響いた銃声。

己に訪れる終焉を覚悟して、俺はきつく目を閉じる。

しかし新たに生み出された痛みは何処にもなかった。目を開けると右手を吹き飛ばされて大量の血を流すハイルと、こちらに転がってくる拳銃が確認できた。

「邪魔しちゃった？　忘れ物を取りに来たんだけど」

銃撃は、いつの間にかこのフロアまで上ってきていたジェーンによって放たれていた。薔薇の女王は微笑を浮かべたままハイルへと近付き、そっと唇を奪っていく。

「あとはお好きに」

この女に言われなくても、やるべきことは解っていた。

俺は激痛を認識させてくる脳を怒鳴りつけ、両足を震わせながら立ち上がる。足元に転がっていた拳銃を拾い上げ、膝をついて痛みに耐えているハイルへと歩く。

「ラルフ、好きな方法で殺しなよ」

リザが静かに続けた。

「あんたにはきっと、その権利がある」

悪党どもを操って昔の恋人を無残に殺し、シエナを地獄に叩き堕とし、成れの果ての街に大虐殺を連れてきた男。

この男の辿る結末が、ただの生温い死であってはならない。

それでは、まったくもって辻褄が合わないのだ。

これまでの全ての行為を、異常者としてこの世に生まれてきたことすらも後悔させてやらなければならない。絶望の淵で初めて生まれる、感情というものの手に負えなさを、この男に味わわせてやらなければならない。

では、どうやって殺すか。

痛みで鈍化する思考の中でも、こいつを殺す方法だけは無限に思いつける気がした。

できるだけ残酷に、時間をかけて、最大限の苦しみを与え続ける方法を考え抜く。とはいえビルが完全に倒壊するまでもう時間がない。早く処刑方法を組み立てなければ。

――そこで俺は、こちらを見上げるハイルが期待に目を輝かせていることに気付いた。

檸檬色の瞳に映る俺は、口許に歪んだ笑みを浮かべている。

ようやく果たすことができる復讐に歓喜する人間の浅ましさを、予定調和のように生まれてきた感情を、精神の怪物がつぶさに観察してきているのだ。

ここで俺が復讐を果たしてしまえば、ハイルは地獄の底で笑い転げることになるだろう。怪物を殺すために怪物になってしまった男が、仮初の幸福と自らの罪の間で苦悩し続ける様を、ハイルは自らの糧にしようとしているのだ。

それでは俺は、最後までこの男に敗北したままになる。

「……お前の手には乗らないよ、ハイル」

俺は復讐に支配されて悪魔そのものに成り下がった、哀れな女のことを思い出す。続いて、後ろに横たわったシエナの寝顔を見つめる。ついでに、全てを受け入れる表情でこちらを見るリザとも目を合わせた。

俺はようやく確信した。

きっと、この怪物への憎悪などなくても生きていける。

過去の喪失に苦しみながらも、前に進んでいける。

俺はもう二度と、この男の思い通りには動かない。

「……ハイル、お前は俺にとって全く無価値な存在だ」

余計な苦しみもなく、一瞬で、ただ淡々と敵を排除するためだけに、俺は銃口をハイルの脳天に向ける。

何の感傷もなく、
これから先のことだけを考えながら、
俺はただ引き金を引いた。

「明日にはきっと、お前の薄ら笑いなんざ忘れられる」

眉間に風穴を開けたハイルは、凍り付いた表情のまま背中から倒れていく。その衝撃で足元が崩れ、血に汚れた瓦礫とともに地獄へと墜ちていった。

達成感を覚えなかった自分に安堵する。

感情というものが自分の想像を超えてくれないことに失望し、憧れを抱き続けることができなくなった男は、本質的には自らの死を望んでいた。だから、望み通りに引導を渡してあげただけだ。

今の行為に、それ以上の意味などなかった。

全てがどうでもいい。今はもう、それ以上に大切なものがある。

「もう時間がない、ラルフ。あと少しでここも崩れる！」

「……解ってるよ」

痛む身体を強引に動かし、俺は眠りに落ちているシエナを担ぎ上げた。


建設途中の超高層ビル――〈イレッダの深淵〉と呼ばれていた欲望の残骸は、ついに崩壊の刻を迎えようとしていた。

耳鳴りがするほどの轟音とともにコンクリートが崩れていき、巻き上がる粉塵が暗灰色の花弁となって青い空に咲き乱れている。俺たちが立っている場所も既に傾き始めており、あと数分も経たずに倒壊することは明白だった。

音の洪水の中でも聴こえるように、俺は声を張り上げた。

「さて、最後の取引と行こう。ジェーン……いや、本当の名前はヴィクトリアか？」

赤いスーツに身を包んだ金髪碧眼の美女が、微笑を浮かべてこちらを見つめている。吹き荒ぶ土埃すらも、この女の美しさを彩る舞台演出のようだった。

「魔女の関係者を私の前に連れてくれば、シエナ・フェリエールを解放する……その約束が果たされたとは思えないけど？」

「別にいいだろ。あのジジイにキスして記憶を盗んだんだろ？」

「死人からは何も盗めない。ラルフ、あなたが頭を撃って即死させちゃうから」

ジェーンの目的は、イレッダ地区の創世記から〈銀の弾丸〉にまつわる陰謀を動かしていたエイヴィスから記憶を盗むことだった。その協力者のハイルにキスすることができただけでは、この女が満足するには至らなかったようだ。

だが俺たちは今、それよりも強力なカードを持っている。

「……ところで、俺の手には三人分のパラシュートがある」

右手に喚び出した三つのパラシュートのうち一つを、リザに投げ渡す。自分の分を背負って留め具を付けながら、交渉を続けていく。

「ああそういえば、このうち一つは二人乗り用だ。もしシエナをハーネスで固定して飛べば、パラシュートが一つだけ余る形になるな」

既に準備を終えたリザが、結論を引き継いだ。

「……で、どうすんの？　このままビルの崩壊に巻き込まれて潰されたい？　それとも私らの要求を呑んで助かりたい？」

「…………仕方ない」ジェーンは涼しい顔のまま肩を竦めた。「で、シエナ・フェリエールを解放してあげればいいの？」

「ただ解放するだけじゃ不充分だ。こいつの死を偽装した上で、戸籍と名前を変えて遠くの街で住めるように手配しろ」

「証人保護プログラムを適用しろってこと？　ただのギャングでしかない私にそんな権力があるとでも？」

「いや、お前ならできるはずだ」俺はここで、ずっと握り込んでいたもう一つの切り札（カード）を叩（たた）きつける。「政府直属の〈猟犬部隊（ドッグス）〉の一員であるお前ならな」

　傾いていく世界の中で、薔薇（ばら）の女王は妖艶（ようえん）に笑っていた。鮮烈な赤に塗られた唇が、観念したように開かれる。

「……どうして解（わか）ったの？」

「怪しい点は多々あった」シエナに固定具を取り付けながら、俺は答えてやる。「一つは、これだけの異常事態なのに未（いま）だに政府が部隊を派遣してこないこと。魔女だの悪魔だのという情報を外部に漏らさないためだとしても、普通なら誰か一人くらいはエージェントを送り込んでくるはずなんだよ。そして二つ目。アントニオから聞いた話によると、フィルミナード・ファミリーは随分昔から政府機関と癒着していた。表向きは関係を解消しているように見えるが、人員の交換などで秘密裏に協力しあっていても不思議じゃない。表と裏の両面から世界を治めようってのも、いかにもこの超大国が考えそうなことだ。——そして三つ目」

「なに、まだあるの？」

「悪魔というものの正体についても、〈魔女の関係者〉という存在についてもそうだが……お前はフィルミナード・ファミリーにはない知識を持ちすぎている」

「ただの個人的興味だと言ったら？」

余裕の表情を崩してやるため、俺は最後の言葉を装塡する。

「まあ、特に確証があるわけじゃない。あくまで推測の域は出ないよ。……だが、さっきお前は自分で認めてしまった」

それらしい理由を並べてみたが、結局はただカマを掛けてみただけだ。

自分が初歩的な手に引っかかってしまったことを知り、ジェーンは初めて苦い顔を見せた。それが、演技で武装されているものではないことは間違いなかった。

「はっ」パラシュートの入った袋を投げ渡しながら、俺は言い放った。「初めてあんたに勝てた気がするよ」

急ぐように叫んでくるリザに返事をしつつ、完全に脱力したシエナを抱え、傾いたビルの縁を目指す。

改めて眼下を覗き込むと、建設途中で放棄されたとはいえ、このビルが国内最大を目指していたことにも納得できる高さだったことが解った。眼下に広がる人工島の至る所から黒煙が上がっており、心なしか島を取り囲む海も澱んでいるように見えた。

「そういえばさ、私らパラシュートで飛んだことなんてなくね？」

「やり方はここに来る前にネットで確認しただろ」

「……まあ、このままじゃ死ぬだけだし別にいいか」

「お前がミスって死んだら、葬式の手配くらいはしてやるよ。参列はしないけど」

「あんたは、着地した後の身の振り方を考えた方がいいよ」

殺伐としたやり取りすらも、今は心地いいほどだった。俺たちは互いに口の端を歪ませて、崩壊するビルから飛び降りていく。

上から降ってくる瓦礫に巻き込まれないように距離を稼ぎ、パラシュートを開く。浮遊感に包まれながら後ろを振り返ると、廃ビルは根本から折れて倒れ始めていた。

空高く巻き上がる土埃と、巨大質量が崩れ落ちたことで発生した強風が俺たちを襲う。

それでも俺は祈らなかった。

地上に辿り着くまで思考を巡らせ続け、全ての危機を躱しきってやる。

胸の中で眠る、少女の安らかな表情を守り抜くために。

地獄の底でやっと見つけた、一欠片の希望を掴み取るために。

18

I'll Be There In A Heartbeat

MAD BULLET UNDERGROUN

背徳の街を、二人分の足音が進んでいく。

瓦礫や死体が散乱する通りは静寂に包まれており、ほんの一週間前まで〈成れの果ての街〉として不名誉な栄華を極めていた面影などまるで感じられなかった。

夏というだけあって死体どもの腐敗も早く、人工島全体に強烈な悪臭が漂っている。死体処理など全く追い付いていない現状は、行政が機能しない犯罪都市ならではの脆弱さがはっきりと表れていた。

グレミー・スキッドロウは、自動式拳銃の弾倉を交換しながら溜め息を吐いた。

「なあ、もういい加減離れてくれ。どう考えても邪魔だ」

喪服のようなドレスを着た女が、背中に吐息がかかるほどの近さでずっとついてくる。敵意がないのは解っていても、両手いっぱいに釘を握り込んだ銀使いに背後を取られていて神経を逆撫でされないわけがない。

カルディア・コートニーは僅かに上気した表情で呟いた。

「はあ？　あなたがチンタラ歩いてるのがいけないんでしょ？」

「あのな。俺がこんなことを言うのもおかしいが……」グレミーはつい数分前に生産されたばかりの、新鮮な死体どもを指差して続けた。「今は敵の敷地のど真ん中で、しかも交戦中なんだ。そんなに早く歩けるか」

「ウォルハイト様なら、今頃あいつらを全滅させて私をデートに誘ってくれてたのに！」

「そんなに好きなら、あいつの後を追って死ねばいいだろうが」

数日前の戦いでウェズリーが死んでからというもの、カルディアはやたらと突っかかってくるようになった。神のように崇めていた相手を殺した自分を憎んでいる……というだけなら解りやすくていいが、どうやらそういうわけでもなさそうだ。

警戒して動けていないだけで、まだ敵対組織の構成員たちはこちらに銃口を向けている。そんな状況でこれ以上くだらない会話を続けていられるなど、イカレているとしか言いようがない。

「とにかく、あなたを放っておくわけにはいかない。いつどこで野垂れ死なれるか……」

「なあ、こっちは三日も寝てなくてイライラしてるんだよ。勘弁してくれ」

痺れを切らして放たれた銃弾の雨を能力で受け止めつつ、グレミーは唾を吐き棄てた。

終戦後の混乱に乗じてフィルミナードの拠点を襲いに来たギャングどもや、体調不良が続くアントニオの寝首を掻きにきた暗殺者どもとの戦いも、この数日間で数えきれないほどにこなしてきた。ハイル・メルヒオットという頭を失ったロベルタや、既に損切りを始めていた他の大組織はともかく、成り上がりを狙う有象無象どもは無尽蔵に湧き続けているのだ。

ウェズリーとの戦いで負った傷も全快には程遠く、斬りつけられた左目の視力はまだ戻っていない。自分がこうして戦い続けていられるのは、もはや狂気の産物としか言い様がない。

ただ、苛立ちの理由はそれだけではなかった。

イレッダ地区の中心部にある、建設途中の超高層ビル――正式名称など誰も知らないあの建築物が倒壊したことをきっかけに、五大組織を巻き込んだ戦争は終結への道を辿っていった。

しかし、大量に積み上がった瓦礫や粉塵の山から発見されたという彼らの死体を、グレミーはまだ己の目で見てはいない。

グレミーは、そこにきな臭い雰囲気を嗅ぎ取っていたのだ。

「……あのビルで何が起きたのかを、俺たちは結局知らされていない」

「ダレンが言ってたでしょ。あの、空から降ってきた黒い腕の大群はハイルが召喚した悪魔だって。アレに喰べられた連中が何処に行ったのかは解らないけど」

「問題はそこじゃねえんだよ。ハイルやその部下どもは本当に死んだのか？　ジェーンはどうして行方を晦ました？」

「ねえ、私は解ってるから。あなたが一番疑ってるのは、あの賞金稼ぎどものことでしょ」

「……うるせえよ」

まともに否定できなかった自分に、グレミーは思わず苦笑した。

ビルの崩壊に巻き込まれて、あの忌々しい賞金稼ぎ二人組と、囚われのお姫様が死んだという報告はダレンから受けていた。連中の実力からして潰れて死ぬのは別に何もおかしくはない。

だが、ダレンが頑なに死体を見せようとしないのは何故だ？

死体の損傷が激しくて原形を留めていないからと言っていたが、どうにも胡散臭い。

「……別にあんな奴らのことなんてどうでもいいでしょ？　あなたには、もっと他にやるべきことがあるんだから」

「あのな、」

「ほら、人工島が混沌としてる今がチャンスだから！　ここで名を上げればダレンを四代目頭領に押し上げて、あなたの地位も……」

客観性など一切なくグレミーの将来を語るカルディアの瞳は、乙女のように輝いていた。ウェズリーに対する崇拝とは別の種類の執着を向けてくるストーカー女に、もはや呆れて笑うしかなかった。

「別にいいけどよ、少しは相手を選んだ方がいいと思うぜ」

弾切れを起こして逃げ惑っていく黒服どもを見て、グレミーは自分たちが交戦している最中だったことを思い出した。見えない壁に阻まれて足元に弾き落とされた銃弾を蹴り飛ばして、グレミーは凶悪な笑みとともに走り出す。

二挺の拳銃が火を噴き、狂気が再び戦場に連れ出される。

◆

「つまり、お前は本当に何も知らないってことだな？」

電話口に向かって怒鳴りたくなる衝動を抑えるため、グラノフ・ギルヴィッチは警察署の安いコーヒーに口を付けた。

何とか呼吸を落ち着けてから、非協力的な情報屋に再び問い掛ける。

「ではフィルミナードが流した声明を信じろと？　ラルフとリザは例のビルの崩壊に巻き込まれてくたばったってことなのか？」

『あのさ、何度も言ってるだろ』情報屋のカイ・ラウドフィリップは、わざとらしく溜め息を吐いた。『少なくとも、俺のところに二人から連絡は来てないよ』

知らぬ存ぜぬを貫くつもりの情報屋に、グラノフは不信感を募らせていた。

あの二人が死んでいるはずがない。根拠など何処にもないことは承知の上で、グラノフは何故か確信していた。それは何も、化け物になった当初から目をかけていた二人への執着や、まして愛情から来るものなどではなかった。幾つもの不自然な状況が、情報の確かさに霞をかけているのだ。

『というか、あの二人に構ってる余裕なんてあるわけ？　今イレッダ地区は大変な状況なんでしょ？』

「ウチが世界一怠慢な職場だってことくらい知ってるだろ。抗争後の組同士のゴタゴタに、イレッダ署が危険を冒してまで介入すると思うか？」

『はは、相変わらずだね』

「いいから話を逸らすな、〈ダイバー〉。お前はあの社交性皆無の連中にとっての唯一のお友達だろ」

『ラルフたちはただのお得意先だよ。俺にあいつらを紹介したあんたも知ってるでしょ』

「なあ、お友達を陰で支援してるんだろ？　例えば……そうだな、逃走資金の確保とか」

『ちょっと、話聞いてる？』

「奴らが消えた翌日に、あの二人の電子口座が突然消滅したのはお前の仕業だろ？　あれは、奴らが何処かで金を引き出した痕跡を消すためにか？」

『……そんなの、どうやって調べた』

「これでも一応は警官でね。国際捜査本部にいたこともある」

『でも、俺がやったって証拠はないね』

「俺も長年この仕事をやってるがな……ギャングの隠し口座があるような銀行の強固なシステムを、こんな短期間で破ったクラッカーなんて聞いたことがないんだよ。もしできるとしたら、銀使いとも噂されるお前のような化け物だけだ」

『流石に買い被りだよ』

「どうだかな」

　これ以上情報を訊き出すことはできないと悟り、グラノフは苦笑するしかなかった。ただ、情報屋の反応からして自分の推測は当たっているらしい。

とはいえ、あの二人が生きているにせよ、地獄に堕(お)ちたにせよ、しばらくイレッダ地区に戻ってくることはないだろう。

通話を切る前に、気紛(きまぐ)れで訊(き)いてみたくなった。

「ところで、お前が銀使い(シロガネ)だって噂(うわさ)は本当なのか？」

『その情報には一〇〇〇億エルの値がついてるけど、どうする？』

「はっ、公務員の給料じゃ無理だな」

笑いながら通話を切ると、部下の一人がデスクの前に立っていることに気付いた。勤務中にもかかわらず盛大に煙草(たばこ)を吹かしていることを今更指摘するつもりなどなかったが、彼が手に持っている白い封筒のことは少し気になった。

「何だそれは？」

「グラノフさん宛てに、匿名の投書です」

やけに分厚い封筒を破ると、中から出てきたのは革製のくたびれた手帳だった。

これは確か、ラルフたちの依頼を受けて用意した、イレッダ地区に潜伏しているレイルロッジ協会の関係者や施術士のリストだ。中を検めてみたが、筆跡は間違いなくグラノフ自身のものだった。

ただ、手帳の後ろの二ページには見慣れない文章があった。左側のページには数行程度の簡潔なメッセージが、右側のページには何やら十数人分の名前が記されている。

それらを一通り読み終えたとき、グラノフは笑いを堪えられなくなってしまった。

右のページに並べてある人名は「手切れ金」だ。

少女専門の娼館に出入りしていた有名人のリスト。

誰もが知ってる大物司会者の名前まである。何人か検挙すればあんたも出世間違いなしだな。

……とにかく、これで今までの借りは全部返した。

もう二度とクソ仕事を振ってくるなよ、汚職警官。

徹底的なまでに情報統制が行き届いた高級娼館の顧客など、そこで働いていた人間しか知らないはずだ。これが郵送されてきた意味を噛み締めながら、グラノフはコーヒーの残りを飲み干した。

つまり彼らは、大切なものを取り返したのだ。

全てを喪って境界線の真上で立ち尽くしていた男と、怪物となって己の過去から逃げ続けていた少女が、一片の穢れもない勝利を摑み取ったのだ。

グラノフは手帳を懐に仕舞って立ち上がり、窓から見える景色に想いを馳せる。

眼下に広がる地獄から解き放たれた海鳥の群れが、果てのない蒼穹を背に舞い踊っていた。

◆

「なあリザ、いつになったら金を返してくれるんだ？」

「何の話だっけ？」

「後ろめたさゼロの目を向けてくるな。マジかよ、本当に何も覚えてねえのか？」

俺は掌に喚び出したメモ帳を相棒に投げ渡す。

「お前がイレッダ地区にいる間のホテル代、食費、治療費、武器弾薬の費用……。それだけじゃねえぞ。イレッダ地区からの脱出をジェーンに手配してもらったときも、闇医者に三日間お世話になったときも、ここまで来るために用意した中古車の代金もガソリン代も高速料金も、全部俺が払ってる。これでめでたく貯蓄も所持金もゼロだ。そこに書いてる額は必ず払えよ」

「なに、いちいち全部記録してたの？　流石に気持ちわるっ」

「なあリザ。誇張表現でも何でもなく、本当にゼロになったんだぞ？　明日から俺は何を食べて生きていけばいい？」

「あ！　丁度いいじゃん。目の前に海があるんだし、この機会に自給自足生活でも始めてみたら？」

白い砂浜に腰を下ろす俺たちの目の前には、雄大な青が広がっていた。

雲一つない蒼穹は何処までも透き通っており、水面は陽の光を反射して眩いほどに輝いている。観光地とは程遠く、ガキの頃の記憶ほどは綺麗でもなかった砂浜は閑散としており、打ち寄せる波の音だけが寂しく響いている。

まるで、俺たちだけが世界に取り残されているようだった。

隣から聴こえた溜め息で我に返る。

長旅の疲れによる反動で殺意をぶつけ合う俺とリザに挟まれて、シエナが窮屈そうに座っていた。

彼女は心底呆れた表情で唇を尖らせる。

「せっかくここまで来れたんだからさ、今くらい仲良くしたらいいのに」

「シエナ、宗教上の理由でそれは無理だ」

「私も、このバカと仲良く会話なんてしてたら自我が保てなくなる」

「……ねえ、私の感謝の気持ちを返してくれる？」

呆れたように笑うシエナにはもう、近付いてくる死への恐怖も、不条理な世界への怒りも、救いのない物語への絶望もなかった。強すぎる日差しに目を細めながら笑う、ただの平凡な少女の姿がそこにあった。

「まあ、でも……何度でも言うよ。本当にありがとう」

抱えた膝に顔を埋めながら、シエナは声を震わせた。言葉の余韻を波が攫って行ってしまうまで、俺たちは何も言わずに待ち続けた。

あれから俺たちは、薔薇の女王（ジェーン・ドウ）が運転するボートに乗せられてイレッダ地区を脱出した。治療を終えて闇医者の元を離れるときにまた連絡があり、俺たち三人が正式に死んだことになったと報告された。しばらくすればシエナには新しい戸籍謄本が発行され、法律的にも感覚的にも生まれ変わることができるという。

これでやっと、シエナとの約束を果たすことができたわけだ。

何一つ見どころもなく、特に美しいわけでもない白い砂浜で、退屈だが誰にも汚されることのない時間を過ごす。

こんな些細（ささい）な願いを叶（かな）えるために、俺たちは命を賭（と）して戦ってきたのだ。

「……あー駄目だ、暑すぎる。ちょっともう、先に車に戻るから」

リザは俺から鍵を受け取ると、病人のような足取りで海とは反対方向に歩いていった。化け物じみた身体能力を持つ銀（シロガネ）使いのくせに、夏の暑さには弱いらしい。

二人きりになった途端、何となく気まずい沈黙が流れてきた。

伝えたいことはこんなにも多いのに、そうするだけの時間はいくらでもあるのに、何故（なぜ）か次の言葉が出てこない。お互いがお互いに遠慮して、言葉を喉の辺りで堰（せ）き止（と）めている。

先に口を開いたのはシエナだった。

「砂浜なんて初めて来たけど、人工島から見る海とは全然違うね」

「まあ、こっちには他殺体なんて浮いてないからな」

「そんな話してないし」

シエナは近くに転がっていた小石を、海に向かって投げ飛ばす。

「何ていうか……成れの果てから見る海は、青い監獄みたいだった。私たちが逃げ出さないように絶望が敷き詰められてて、それが世界を閉じ込めていて」

波が引く度に、砂浜に白い泡だけが取り残される。またやって来た波がそれを回収して、青の中に混ぜ合わせていく。

ただそれだけの光景を、永遠に見ていられる気がした。

「でも、ここから見える海は何処までも繋がってる。ほとんど同じ景色のはずなのにね」

思えばずっと、シエナはこの景色に憧れ続けていたのだ。

内陸の州で育ち、中学生の頃にイレッダ地区へと売り飛ばされ、海上の牢獄の中に閉じ込められてきた人生。そこからようやく抜け出せた彼女の目に、この海はどう映っているのだろう。

願わくば、この幸福な時間が永遠に続けばいいと思った。

不意に、そう思ってしまった。

それが叶わないと知っていながらも、願わずにはいられなかった。

「ねえ、ラルフ」

シエナの翡翠色の瞳が、俺をじっと見つめている。

「ありがとう。私を地獄から救い出してくれて」

二人の間から言葉が消え、波の音も、八月の正午の陽射しも、微かに頬を叩く潮風すらも消えていった。停止した世界に抗いがたい磁力が生じ、俺たちは惑星のように引かれ合っていく。

静かに目を閉じたシエナが、何を求めているのかは解っていた。

彼女の想いに気付かないほど鈍感なわけではない。

そして、それを言葉にはしない強さを見逃してしまうほど、

愚かになることもできなかった。

「感謝しなきゃいけないのは俺たちの方だよ、シエナ。お前がいてくれたから、お前と出会えたから、俺たちは生きていける。生きていてもいいと思えるんだ」

何かを誤魔化すように、汚れた手では掴めない何かと決別するように、小さな身体がこれ以上震えずに済むように、俺はシエナを強く抱き締めた。

「……別に、永遠に会えなくなるわけじゃない」

この先を続けるのは、堪らなく痛かった。

言葉を一つ発するごとに、喉が擦り切れて血を流していく。

それでも、言わなければならない。

彼女の未来のために。

誰にも汚されることのない、平穏を守り抜くために。

「生活費やもろもろの援助はするし、たまには顔だって見せる。それに、首都の近くにあるセキュリティ抜群な物件が用意されているとも聞いた。資格を取って大学にでも行けば、充分人生をやり直せるよ。シエナ、お前ならきっとやり遂げられる」

　シエナは俺の胸に顔を埋めながら頷いた。彼女もきっと、全てを理解しているのだ。だから何も言わず、次の言葉を待ってくれている。

「……いつ誰に狙われるかも解らない俺たちと過ごすよりも、そっちの方が遥かにマシだ。成れの果ての街も犯罪組織も人殺しも〈銀の弾丸〉もない、まともな人生がお前には相応しい。せっかく、あの特異体質とやらもなくなったわけだしな。……今までがずっとおかしかったんだよ」

「……これから、あなたたちはどうするの？」

「まずは、当面の生活費くらいは稼がないとな」

　実際はまだ、問題が山積みだった。

　死を偽装してイレッダ地区から抜け出すことができたとはいえ、俺とリザが銀使いである事実は変わらない。それも、魔女のおとぎ話に最前列で関わってしまった銀使いだ。

　まず間違いなく、近いうちにジェーンから招集をかけられ、今度は政府の犬として動き回ることになるだろう。心底興味のない世界の命運とやらのために、狂ったように戦い続ける日々が待っているのだ。

そこにシエナを巻き込むことはできない。

一七歳の少女の未来を、くだらないエゴで汚してしまうことはできない。

だから俺は、気の抜けた笑顔を向けなければならないのだ。

「とにかく心配はいらねえよ。シエナ、お前はアレだ、勉強の遅れを取り戻すことだけを……」

「ラルフ、一言だけ言わせて」

「何だ?」

「…………ずるいよ、ばーか」

俺からそっと離れ、顔を上げたシエナは笑みを浮かべていた。

目を真っ赤にして、鼻を啜り上げていてもなお、涙だけは流さなかった。泣いてしまえば全てが嘘になってしまうなどと、しなくてもいい覚悟を身に纏っている。

悲壮なまでの決意を灯した瞳を、俺は静かに見つめ返す。透き通るような青と白が織り成す景色が、翡翠色の表面に複雑な輝きを映し出していた。

頭に浮かぶ言葉と、言語化できない全ての想いを、俺はこの一瞬に閉じ込めた。

全てを解放できる日が来るのかどうかは解らない。

血に汚れすぎている俺に、そんなことが許されるのかどうかも解らない。

だがそれでも、遙か彼方へと続く、光射す道を見つけることができた。

そこに進んでいけることを、きっと人は『救い』と呼ぶのだろう。

「ねえ、クーラーぶっ壊れてたんだけど」

苛立ち混じりの声を突然浴びせられ、俺たちは揃って間抜けな声を上げる。まだ脈を打っている心臓を宥めて立ち上がりつつ、冷静に答えてやることにした。

「あの店で一番古い車だったからな。その分値段も安かったし、文句は言えねえよ」

「叩いて直そうとしたら、何か煙を上げ始めたんだけど」

「おい、ちょっと待て。まさかてめえ、止めを刺したんじゃ……」

「時間置いときゃ直るでしょ。何深刻な顔してんの？」

「……もし車が動かなくなってたら、てめえも同じ道を辿らせてやる」

「あはは。何で怒ってんのか知らないけど、ラルフ、あんたが猛烈に死にたがってることだけは流石に解るよ」

それぞれがそれぞれの得物に手を伸ばそうとしたとき、背後から笑い声が聴こえてきた。振り返ると、シエナが目尻に涙を浮かべ、腹を抱えて笑っている。

何のしがらみもない、苦しそうですらある笑顔を見ていると、殺し合いを始めようとした自分たちが馬鹿らしくなってきた。

俺たちの視線の先で、シエナは波打ち際に向かって走り出していた。

純白のワンピースが潮風にはためき、光を纏った水飛沫が宙を踊る。ひとしきり波と戯れたあと、シエナは息を切らしながらこちらを振り向いた。

シエナが悪戯めいた表情で手招きしてくるので、俺とリザも仕方なく歩き始めた。

「……で、あれで良かったの？」

ブーツと靴下を脱ぎ捨てながら、リザが俺にしか聴こえない声で訊いてくる。

「……盗み聞きかよ。相変わらず趣味が悪い」

「私の能力を忘れてたあんたが悪い」

「はっ、そうかよ。……お前こそ、イレッダ地区に帰らなくていいのか？　政府の犬になったとしても、思う存分暴れられるかは解らないぞ」

「まあ……」リザの表情は、逆光のせいでこちらからは見えなかった。「飽きるまでは、あんたに付き合ってやるよ」

俺たちは目も合わせずに笑った。

殺意も皮肉もなく、ただ喉を仰け反らせて笑った。

待ちくたびれた仕草で腕を組んでいるシエナに、俺たちは駆け寄っていく。足先で感じる水の冷たさが心地いい。思ったよりも柔らかい地面に足を取られて転びそうになるが、そんな間抜けな瞬間さえも愛おしかった。

これから先も、俺たちは狂気に塗れた世界を生きていかなければならない。魔女が仕掛けた呪いが、またしてもこちらに銃口を向けてくることがあるのかもしれない。

それでも今は全てを忘れて、束の間の幸福を噛み締めることにしよう。
リザが横から蹴飛ばしてきた水飛沫が、
口に入ってくる苦みを帯びた塩の味が、
陽の光に輪郭を象られた少女の笑顔が、
地獄と隣り合わせのこの世界を、確かに肯定してくれている気がした。

あとがき

マッド・バレット・アンダーグラウンドは、今巻で無事完結を迎えることになりました。

作者の私としましては、これ以上ないほどに最高のラストをお届けできたのではないかと自画自賛しております（担当編集さんにも結構褒められました。マジで！）。

今作では、狂気に満ちた世界を這い回る悪党どもの『地獄』を容赦なく描いてきました。主人公のラルフをはじめとした登場人物たちは、誰もが救い難い現実に囚われていて、しかも逃げ出すことすらできずに戦い続けるしかないという有様。まったく酷い話です。

ただ、いとも簡単に地獄に変わってしまうような現実を生きている私たちには、きっとそういう物語こそが必要なのだと信じています。地獄の底にいる誰かの心に深く突き刺さり、罵声混じりの愛を叫んでくれるような物語が。

そんな作品を、これからも作り続けていきたいと思います。

最後になりますが、本シリーズの出版に携わっていただいた全ての方々と、完結まで付いてきてくださった読者の皆様に、心より感謝を申し上げます。誠にありがとうございました！

別の形の『地獄』を描いた新作もそう遠くないうちにお届けできるかと思いますので、またその時にでもお会いしましょう。

野宮　有

◉野宮 有著作リスト

「マッド・バレット・アンダーグラウンド」（電撃文庫）
「マッド・バレット・アンダーグラウンドⅡ」（同）
「マッド・バレット・アンダーグラウンドⅢ」（同）
「マッド・バレット・アンダーグラウンドⅣ」（同）

本書に対するご意見、ご感想をお寄せください。

ファンレターあて先
〒102-8177　東京都千代田区富士見2-13-3
電撃文庫編集部
「野宮 有先生」係
「マシマサキ先生」係

本書は書き下ろしです。

電撃文庫

マッド・バレット・アンダーグラウンドⅣ

野宮 有（のみや ゆう）

2020年6月10日　初版発行

◇◇◇

発行者　郡司 聡
発行　株式会社KADOKAWA
〒102-8177　東京都千代田区富士見2-13-3
0570-06-4008（ナビダイヤル）
装丁者　荻窪裕司（META＋MANIERA）
印刷　株式会社暁印刷
製本　株式会社暁印刷

ISBN978-4-04-913207-6　C0193　Printed in Japan

電撃文庫　https://dengekibunko.jp/

電撃文庫創刊に際して

文庫は、我が国にとどまらず、世界の書籍の流れのなかで〝小さな巨人〟としての地位を築いてきた。古今東西の名著を、廉価で手に入りやすい形で提供してきたからこそ、人は文庫を自分の師として、また青春の想い出として、語りついできたのである。

その源を、文化的にはドイツのレクラム文庫に求めるにせよ、規模の上でイギリスのペンギンブックスに求めるにせよ、いま文庫は知識人の層の多様化に従って、ますますその意義を大きくしていると言ってよい。

文庫出版の意味するものは、激動の現代のみならず将来にわたって、大きくなることはあっても、小さくなることはないだろう。

「電撃文庫」は、そのように多様化した対象に応え、歴史に耐えうる作品を収録するのはもちろん、新しい世紀を迎えるにあたって、既成の枠をこえる新鮮で強烈なアイ・オープナーたりたい。

その特異さ故に、この存在は、かつて文庫がはじめて出版世界に登場したときと、同じ戸惑いを読書人に与えるかもしれない。

しかし、〈Changing Times,Changing Publishing〉時代は変わって、出版も変わる。時を重ねるなかで、精神の糧として、心の一隅を占めるものとして、次なる文化の担い手の若者たちに確かな評価を得られると信じて、ここに「電撃文庫」を出版する。

1993年6月10日
角川歴彦

電撃文庫DIGEST　6月の新刊

発売日2020年6月10日

俺の妹がこんなに可愛いわけがない⑭　あやせif 下

【著】伏見つかさ　【イラスト】かんざきひろ

高校3年の夏、俺はあやせの告白を受け容れ、恋人同士になった。残り少ない夏休みを、二人で過ごしていく――。『俺の妹』シリーズ人気の新垣あやせifルート、堂々完結!

俺を好きなのはお前だけかよ⑭

【著】駱駝　【イラスト】ブリキ

今日は二学期終業式。俺、如月雨露ことジョーロは、サザンカ、パンジー、ひまわり、コスモスの4人の少女が待つ場所にこの後向かう。約束を果たすため、自分の本当の気持ちを伝えるため。たとえどんな結果になろうとも。

幼なじみが絶対に負けないラブコメ4

【著】二丸修一　【イラスト】しぐれうい

骨折した俺の看病のため、白草が泊まり込みでお世話にやってくる!?　家で初恋の美少女と一晩中二人っきりに……と思ったら、黒羽に真理愛に白草家のメイドまでやってきて、三つ巴のヒロインレースも激しさを増す第4巻!

とある魔術の禁書目録(インデックス)外典書庫①

【著】鎌池和馬　【イラスト】はいむらきよたか

鎌池和馬デビュー15周年を記念して、超貴重な特典小説を電撃文庫化。第1弾では魔術サイドにスポットを当て『神裂火織編』『「必要悪の教会」特別編入試験編』『ロード・トゥ・エンデュミオン』を収録!

声優ラジオのウラオモテ　#02 夕陽とやすみは諦めきれない?

【著】二月 公　【イラスト】さばみぞれ

「裏営業スキャンダル」が一応の収束を迎えほっとしたのも束の間、由美子と千佳を追いかけてくる不躾な視線やシャッター音。再スタートに向けて問題が山積みの中、《新・ウラオモテ声優》も登場で波乱の予感!?

錆喰いビスコ6　奇跡のファイナルカット

【著】瘤久保慎司　【イラスト】赤岸K　
【世界観イラスト】mocha

『特番!　黒革フィルム新作発表　緊急記者会見!!』復活した邪悪の県知事・黒革によって圧政下におかれた忌浜。そんな中、記者会見で黒革が発表したのは"主演:赤星ビスコ"の新作映画の撮影開始で――!?

マッド・バレット・アンダーグラウンドⅣ

【著】野宮 有　【イラスト】マシマサキ

ハイルの策略により、数多の銀使いとギャングから命を狙われることになったラルフとリザ。しかし、幾度の困難を乗り越えてきた彼らがもう迷うことはない。悲劇の少女娼婦シエナを救うため、最後の戦いが幕を開く。

昔勇者で今は骨5　東国月光堕天仙骨無幻抜刀

【著】佐伯庸介　【イラスト】白狼

気づいたら、はるか東国にぶっ飛ばされて――はぐれた仲間たちと集まった先にいたのは、かつての師匠!　魔王軍との和平のために、ここで最後のご奉公!?　骨になっても心は勇者な異世界ファンタジー第5弾!!